Histórias do Romantismo

Joaquim Manuel de Macedo

Álvares de Azevedo

Bernardo Guimarães

Franklin Távora

Machado de Assis

Seleção e comentários
Ivan Marques

Ilustrações
Yili Rojas

Coleção O Prazer da Prosa

editora scipione

Gerente editorial
Sâmia Rios

Editora
Maria Viana

Editor assistente
Adilson Miguel

Revisoras
Amanda Valentin
Michele Tessaroto
Sandra Regina de Souza
Nair Hitomi Kayo
Tânia Oda

Editora de arte
Marisa Iniesta Martin

Projeto gráfico de capa e miolo
Homem de Melo & Troia Design

Iconografia
Lia Mara Milanelli

editora scipione

Av. Otaviano Alves de Lima, 4400
Freguesia do Ó
CEP 02909-900 – São Paulo – SP

ATENDIMENTO AO CLIENTE
Tel.: 4003-3061

www.scipione.com.br
e-mail: atendimento@scipione.com.br

2013

ISBN 978-85-262-7674-1 – AL
ISBN 978-85-262-7675-8 – PR

Cód. do livro CL: 737130

2ª EDIÇÃO
4ª impressão

Impressão e acabamento
Intergraf Ind. Gráfica Ltda.

Atualização ortográfica e edição dos textos
Adilson Miguel

Agradecemos à Biblioteca do Instituto de Estudos Brasileiros (IEB-USP), pela colaboração na pesquisa e na digitalização dos textos que serviram de fontes para esta edição.

ABDR — EDITORA AFILIADA

Dados Internacionais de Catalogação na Publicação (CIP)
(Câmara Brasileira do Livro, SP, Brasil)

Histórias do romantismo / Joaquim Manuel de Macedo...[et al.]; seleção e comentários Ivan Marques; ilustrações Yili Rojas; atualização ortográfica e edição de textos Adilson Miguel. — São Paulo: Scipione, 2006. (Coleção O prazer da prosa)

Outros autores: Álvares de Azevedo, Bernardo Guimarães, Franklin Távora, Machado de Assis.

1. Contos brasileiros 2. Romantismo I. Macedo, Joaquim Manuel de. II. Azevedo, Álvares de. III. Guimarães, Bernardo. IV. Távora, Franklin. V. Assis, Machado de. VI. Marques, Ivan. VII. Rojas, Yili. VIII. Miguel, Adilson. IX. Série.

06-5993 CDD-869.93

Índice para catálogo sistemático:
1. Contos: Literatura brasileira 869.93

sobre esta edição

Tivemos, nesta edição, o cuidado de apresentar versões dos textos selecionados que preservassem a maior fidelidade possível à intenção dos autores. Procuramos tomar como base fontes confiáveis (ver p. 142), limitando-nos apenas a atualizar a ortografia e a corrigir os erros evidentes. Foram mantidas a pontuação e a sintaxe originais, mesmo quando divergentes dos padrões atuais.

O caso de Álvares de Azevedo é especial. Como morreu muito jovem, o poeta teve sua obra publicada postumamente, sem nenhum critério editorial. As sucessivas edições acumularam muitos erros e interferências indevidas. Daí a dificuldade que envolve a publicação de qualquer texto desse autor. Nossa fonte principal foi a respeitada edição de 1942 de suas obras completas, organizada por Homero Pires.

O conto "Folha rota", de Machado de Assis, não foi publicado em livro pelo escritor. Por isso, baseamo-nos em edições recentes fidedignas.

Sumário

Introdução

Romantismo é quase sinônimo de ilusão, de imaginação excessiva, de fuga à realidade. No período romântico, afirmou-se não apenas o anseio poético do infinito, em luta contra as convenções da era clássica, mas também um novo gênero literário — o romance —, devorado por um público cada vez maior de leitores. O homem moderno, produzido pelas revoluções burguesas e embalado por uma extraordinária onda de sentimentalismo, naquele momento incorporou de vez o hábito de ler histórias.

Publicada em folhetins na imprensa, essa nova literatura foi vista a princípio com desdém, como se representasse apenas um passatempo para mulheres. A palavra *romântico* possuía um sentido pejorativo, por designar um "alimento de fácil digestão", ou seja, um gênero ficcional cheio de efeitos melodramáticos e aventuras disparatadas, em que cabia de tudo — do conto fantástico à reconstituição histórica, do romance passional à descrição de costumes.

Além de sonhar com o infinito, o Romantismo teve grande sensibilidade para a história e um caráter de afirmação cultural. No Brasil, o movimento surgiu logo após a Independência, adotando o nacionalismo como bandeira estética e política. Tanto a literatura indianista quanto o romance urbano e regional procuravam interpretar o meio, traduzir a "cor local", exprimir a vida brasileira em seus diferentes aspectos. Os escritores estavam imbuídos da missão de fundar a literatura nacional, o que significava construir o próprio país.

Neste volume de narrativas do Romantismo brasileiro, é possível identificar diversos caminhos da nossa prosa no século XIX. Os autores preferiam chamá-las de romances, novelas ou histórias. O fato de não usarem a palavra *conto* revela que, para eles, ainda não importava tal classificação. Muitas vezes, as histórias não passavam de embriões de obras maiores, e o tamanho curto não implicava necessariamente uma intenção estética.

Formas indecisas entre o conto e o "causo", entre a fábula e o folhetim, estas histórias — escritas por Joaquim Manuel de Macedo, Álvares de Azevedo, Bernardo Guimarães, Franklin Távora e Machado de Assis — são ainda pouco conhecidas. Algumas constituem pequenas obras-primas, e todas mostram o progressivo domínio do gênero narrativo por parte dos escritores brasileiros.

Leves, saborosas e intrigantes, as narrativas prendem com facilidade o leitor. E o mais importante: ajudam a contar a história da invenção e da evolução da literatura ficcional no país.

Ivan Marques

Iconographia

Joaquim Manuel de Macedo nasceu na cidade fluminense de Itaboraí, em 1820. Formou-se em Medicina, mas acabou dedicando-se ao magistério. Lecionou no Colégio Pedro II e foi preceptor dos netos do Imperador. Elegeu-se deputado várias vezes. Nos últimos anos de vida, sofreu uma doença mental. Morreu no Rio de Janeiro, em 1882, deixando uma extensa obra literária, composta por dezoito romances, além de poemas, contos e peças teatrais. Antes do sucesso de José de Alencar, era considerado o principal romancista e uma das maiores figuras da literatura nacional.

Principais obras: *A Moreninha* (1844); *O moço loiro* (1845); *Os dois amores* (1848); *A luneta mágica* (1869).

A bolsa
de seda
Joaquim Manuel
de Macedo

I

Era o dia 20 de outubro de 1855 — um sábado, e por consequência a véspera de um domingo.

Creio que sabeis que é nos domingos que aparece a *Semana*, o meu folhetim hebdomadário do *Jornal do Commercio*.

Faltava-me matéria para a *Semana*: sentia-me incapaz de satisfazer os leitores do *Jornal do Commercio* no dia seguinte: estava triste, aborrecido de mim mesmo.

Reconheci que não dava conta da mão: roguei pragas ao público, atirei com as penas para baixo da mesa, tomei o chapéu, e saí.

Fui passear.

Não sei bem onde me achava; importa pouco para esta minha *cena* a questão do teatro; pode representar-se em qualquer rua, em qualquer praça ou em qualquer hotel: é uma *cena* que serve em qualquer teatro, como há em certos teatros decorações que servem para todos os dramas.

Ia eu indo e não via nada; tinha a *Semana* pesando-me sobre o coração.

Senti de repente que me batiam no ombro.

— *Quid cogitas?** disseram-me.

Tinha encontrado um homem que sabia latim, o que não é muito comum no Rio de Janeiro; voltei-me para ele; era o meu amigo Constâncio, mocetão de vinte e cinco anos, bonito, rico, solteiro, que fuma charutos de Havana, tem bigodes e pera, e tudo, tudo e tudo, menos talvez juízo, o que é muito comum no Rio de Janeiro.

— *Quid cogitas?*... repetiu-me ele.

— Penso na *Semana*, que já devia estar feita, e que ainda não comecei.

— Pois então alegra-te! dou-te mais que uma *Semana*.

— Como?...

— Dou-te um romance.

— Bravo! o herói?...

— Sou eu: está entendido.

— A heroína?...

— Uma moça bonita. Queres?...

— O quê?... a moça ou o romance?...

— O romance, está visto.

— Aceito: conta lá isso; mas, antes de tudo, devemos-lhe um título: qual deve ser?...

— *A bolsa de seda*.

— Bem escolhido; começa pois.

Constâncio deu-me um abraço, e principiou:

— Conheces minha mãe e minha irmã?...

— Que tem isso com o teu romance?...

— Conheces minha mãe e minha irmã?...

— Não.

— Pois é pena; minha mãe é uma senhora muito religiosa e cheia de virtudes; e minha irmã uma moça bonita, engraçada, compassiva e boa até não poder mais. Ora, sendo elas assim, ando desgostoso, desesperado, furioso por ver que em um tempo

* Em latim no original: "Em que pensas?" (N.E.).

como este, quando todas as senhoras se têm tornado notáveis por atos brilhantes de caridade, só minha mãe e minha irmã, apesar de boas e religiosas como são, se deixam ficar em casa, e não levam nem uma camisa, nem um lençol, nem uma esmola à casa de um pobre!...

— Tem paciência.

— Qual paciência! queria ouvir abençoados os nomes de minha mãe e de minha irmã: ainda anteontem à noite tive um combate com elas por isto, mas foi tempo perdido; depois de lutar em vão duas horas, fui-me deitar, e sonhei... sabes o quê?...

— Não.

— Sonhei com o anjo da caridade, vi-o, achei-o bonito, apaixonei-me por ele e por fim de contas reconheci que o anjo era uma moça, e casei-me com ela.

— Dou-te os parabéns.

— À hora do almoço contei o meu sonho a minha mãe e a minha irmã; elas riram de mim, e eu, jurando que me havia de casar com um anjo como o que sonhara, saí de casa.

— E depois?...

— Passei o dia com um amigo, e à noite dirigi-me ao teatro; mas, coisa célebre! o meu sonho não me saía da cabeça; ao passar por uma das nossas ruazinhas estreitas e menos frequentadas, vejo parar um carro e saltar dele uma moça coberta com um véu. A moça não vinha só; trazia uma companheira que se deixou ficar no carro, e cujo rosto não pude ver, porque também se cobria com um véu como a primeira.

— Bem; continua.

— Não pude deixar de admirar o corpo gracioso e encantador da moça que descera do carro; mas o que sobretudo me impressionou foi o seu mimoso pezinho, que de relance apreciei à luz do abençoado gás; está dito... fiquei doido por aquele pé; por sinal que era o direito, e por consequência posso dizer que a moça entrou-me com o pé direito no coração.

— Pobre coração!

— É verdade: daí a meia hora eu o tinha completamente acalcanhado.

— Continua.

— O carro ficou parado, e a moça, avançando alguns passos, bateu na rótula de uma casinha de triste aparência, e um momento depois entrou.

O carro era de aluguel, e o maldito cocheiro ou era mudo, ou não falava. A curiosidade saía-me pelas pontas dos dedos; fui a uma venda da esquina, e informando-me sobre quem morava no pobre casebre, soube que era uma família indigente. Lembrei-me do meu sonho, adivinhei que tinha encontrado a minha bela sonhada, e de um pulo fui bater, e entrei na casa da pobreza.

Fiz tudo isto com tanta rapidez que a moça quis, mas não teve tempo de se esconder, e fui encontrá-la sentada ao lado de uma pobre velha: continuava a ter o rosto coberto com o seu véu longo e impenetrável; não me importei com o véu, e achei-a formosíssima: fiz de conta como os poetas, e apaixonei-me como eles.

— Adiante, adiante...

— Falei-lhe e não me respondeu; não me incomodei com isso, nem por tal esfriou a minha paixão; tentei aproximar-me dela; mas imediatamente levantou-se, e com tal pressa que lhe caiu uma *bolsa de seda*.

— Ah! a *bolsa de seda*...

— É verdade: uma bolsa que sem dúvida ela estava tecendo, e que ainda não estava acabada.

— E que mais?

— A velha apanhou e entregou-lhe a bolsa; vi a mão da moça... fiquei abismado.

— E depois?...

— A moça apontou-me para um quartinho escuro e triste, onde gemia uma criança; corri a ver a infeliz; era um menino de quatro anos; condoído de seus sofrimentos e de sua pobreza, começava a examiná-lo, quando ouvi rodar uma sege...

— Que logro!

— É certo: saltei para a sala; mas a velha me disse com triste sorriso; — é tarde! já partiu.

— E quem é ela?...

— Um anjo de caridade, senhor.

— Exatamente, exclamei eu, era isso o que eu procurava; posso considerar-me casado. Quando torna ela aqui?

— Não sei; aparece, como a Providência, sempre que se faz necessária.

— E que vem fazer?...

— Que vem fazer?... Ah! senhor, vem vestir a mim e a meus filhos; vem ajoelhar-se aos pés daquela cama velha, e com suas mãos tão finas e mimosas banhar os pés de meu filho doente! vem dizer-lhe palavras de amor, e fazê-lo tomar remédios sem chorar, nem contrafazer-se; vem animar-nos a fé e acender-nos a esperança, e sempre acha ocasião para, sem que ninguém a veja, deixar uma boa soma de dinheiro embaixo do meu travesseiro.

— E como se chama?...

— Ela diz que se chama minha irmã.

— Irmã dos pobres! é isso mesmo: estou definitivamente casado.

— Ah! senhor!

— Onde mora ela?

— Não o quer dizer.

— É bonita?...

— Oh! se o é... e que graça... e que voz... e que olhos!...

— Exatamente!... eu a sonhei tal e qual.

— Tal e qual, como, senhor?...

— Tal e qual como ela é; boa dúvida!

— E o senhor sabe como ela é?...

A pergunta da velha embatucou-me; como não tive que responder, desviei-me da questão.

— E vós quem sois, boa mulher?... contai-me a vossa história.

— A minha história é bem simples, disse a velha; moça pobre tive a fortuna de me casar com um excelente homem; era um bom carpinteiro que ganhava com a sua enxó bastante para sustentar a sua família; tinha sido voluntário da independência, bateu-se nobremente por ela, e ganhou a sua medalha da campanha da Bahia; há cinco anos adoeceu, e ficando alguns meses de cama, acabou mais de miséria do que da moléstia; ninguém se lembrou dele!... Se eu tivesse uma bandeira nacional para amortalhá-lo!... mas não tive: embrulhei o seu cadáver no último lençol que nos restava, e pendurei a seu pescoço a medalha da independência; a Misericórdia fez o resto, enterrando o corpo do antigo soldado; creio que ninguém reparou na medalha e foi bom isso.

— Por quê?...

— Porque os vivos haviam de envergonhar-se do morto.

A velha, apesar de pobre, falava como um deputado.

— E depois?... perguntei.

— Depois, senhor, vivi e sustentei meus quatro filhos como pude: Deus me protegeu até hoje, e continua sempre a proteger-me; mas, confesso o meu grande pecado: quando rebentou esta peste maldita, e vi dois de meus filhos caídos, quase que desesperei!... Felizmente um anjo de caridade entrou-me em casa, e consigo me trouxe a esperança e a coragem.

— E esse anjo?

— Saiu daqui, há pouco.

— Sim, bem sei; mas, boa mulher, eu tenho absoluta necessidade de saber quem ele é, como se chama, e onde mora...

— Como posso eu dizê-lo?...

— Oh! mas se é essencial!... eu devo casar-me com aquela senhora; é uma coisa decidida.

— É possível, senhor!...

— Falta-me só conhecê-la...

A velha olhou para mim espantada; sem dúvida alguma pensou que tinha diante de si algum doido; receando porém ofender-me com o seu olhar, abaixou a cabeça, e apanhando um fio de seda que encontrara a seus pés, começou a enrolá-lo por entre os dedos.

Bem se diz que às vezes a fortuna pende de um fio!

Vi a minha felicidade pendendo daquele fio de seda.

Lembrei-me da *bolsa de seda*.

— Boa velha, creio que o fio que enrolais nos dedos foi da *bolsa de seda* que o vosso anjo de caridade tecia.

— É verdade.

— Então essa bela senhora, quando vem a esta casa, costuma trazer algum trabalho para se entreter, não?...

— Ah, não, senhor: ela às vezes demora-se aqui uma, duas, e até três horas, conforme julga necessário, para prestar-nos socorro; e há alguns dias apenas traz essa bolsa que está tecendo, segundo diz, para dá-la de presente a uma amiga que faz anos domingo.

— Domingo? depois de amanhã?...

— Sim, senhor.

— Bravo! vou saber quem é esse anjo de caridade; domingo é o dia do leilão a favor da pobreza, e a *bolsa de seda* não se destina a outro fim; já conheço a cor da tal bolsinha... vou encontrar e conhecer minha mulher!

A velha tornou a olhar-me com surpresa e talvez piedade; e eu que não tenho nem a delicadeza, nem a graça das senhoras, em vez de fazer escorregar algum dinheiro para baixo do travesseiro da velha, lancei-lhe no colo a minha carteira, e saí pela porta afora, meio atrapalhado com as bênçãos e com os agradecimentos da pobre mulher.

Em vez de ir para o teatro, fui logo direito para casa, onde encontrei minha mãe e minha irmã, que desde que começou o cólera não vão nem à ópera lírica, nem ao baile, e nem saem de noite com medo do sereno.

Contei-lhes o que me havia acontecido, e elas, metendo o negócio à bulha, acabaram, como sempre costumam, por me dar o gracioso título de doido.

Mas amanhã é domingo, e a *bolsa de seda* virá provar que eu sou um rapaz de muito juízo.

O meu amigo Constâncio fez ponto final e olhou para mim.

— E que mais?... perguntei.

— Por ora nada mais: deixarás o romance interrompido neste ponto, e prometerás concluí-lo na próxima *Semana*.

— Bem; mas deves ao menos deixar esclarecido um ponto.

— O quê?...

— A cor da *bolsa de seda*.

— Nessa não caía eu: a cor da bolsa é o meu segredo; ainda não estou casado, e enquanto não me casar não darei a ninguém os meios de descobrir quem é a bela do meu sonho. Espera até amanhã, que é domingo.

— Mas tu contas demais com a tua perspicácia: como poderás descobrir no leilão de amanhã quem teceu a *bolsa de seda*, se os objetos oferecidos para o leilão não trazem os nomes das dignas senhoras que os ofertam?...

— Tudo se sabe no mundo, meu caro: e a diligência é a mãe da boa ventura. O que eu quero é ver a *bolsa de seda* no leilão de amanhã; o mais fica por minha conta.

— Bem; mas vê que estás obrigado a dar-me a continuação e o desfecho deste romance.

— Está subentendido.

— Tu o prometes?...

— Palavra de honra! disse Constâncio, estendendo teatralmente a mão direita.

— E quando?...

— No dia e às horas em que tiveres de começar a escrever a tua *Semana* para o próximo domingo.

— Excelentemente: sábado ao meio-dia.

— Sábado ao meio-dia: conta comigo.

II

No sábado seguinte pelas onze horas da manhã já eu me achava ansioso esperando o meu amigo Constâncio. Esperei inutilmente uma hora, e dei um salto de alegria ouvindo o sinal de meio-dia dado em uma igreja vizinha.

Era o momento aprazado.

— Até que enfim! disse eu.

Soou a décima segunda badalada, e aparece-me vivo e alegre, como sempre, o meu amigo Constâncio.

— O desfecho do romance?... grito correndo para ele.

— Sou um tolo, responde-me o pobre Constâncio.

— Ah meu amigo! o que eu queria que me desses era alguma novidade.

— Escuta: comprometi-me a contar-te o fim da minha aventura; eis-me aqui; mas não sei, se já estou no meio dela.

— Seja como for, refere-me o que houve.

— Fui ao leilão, ou antes à exposição de domingo: corri, examinei um por um todos os objetos.

— E então?... que viste?...

— Nada, porque lá não se achava a minha suspirada *bolsa de seda*: o meu anjo da caridade tinha adivinhado o meu plano, e não quis expor a sua delicada obra: fiquei furioso, e vinguei-me falando contra a mesquinhez com que mal corresponderam aos esforços caridosos de tantas e tão respeitáveis senhoras.

— E depois?...

— Esperei até o fim da festa; esperei ainda muito tempo, até que o porteiro da academia mostrou-me com toda a delicadeza a porta da rua, e saí enfim; mal tinha porém dado alguns passos, chega-se a mim uma pobre velha envolta numa mantilha. Eu estava de mau humor e voltei-lhe as costas.

— Compaixão, senhor! uma esmola pelo amor de Deus!

Lembrei-me da minha desconhecida: meti a mão no bolso, e tirei uma moeda de prata.

A velha estendeu as mãos abrindo uma bolsa para receber a esmola.

Oh! era a *bolsa de seda*! conheci-a imediatamente pela cor: era a minha bolsa: agarrei-me a ela.

— A quem, homem?... à velha?...

— Não; à bolsa.

— Ainda bem.

— Quanto quer por esta bolsa?... donde lhe veio esta bolsa?... quem a teceu?... quem lha deu?...

A velha ficou espantada e respondeu-me a tremer.

— Esta bolsa... foi uma senhora que me socorre que a deu de presente a uma netinha que tenho.

— Pois eu a quero; compro-a.

— Esta bolsa não se vende, disse a velha.

— Nesse caso tomo-a de graça.

— Oh! se é assim, dê o senhor o que quiser por ela; mas olhe que não é vendida, é trocada, como uma relíquia.

Sem ser fidalgo, dei pela bolsa mais do que... porém vamos adiante; nada de má língua.

— Como se chama, e onde mora a senhora que deu esta prenda à sua neta?...

— Chama-se irmã dos pobres, segundo ela diz; e deve morar certamente em alguma casa que ela não diz onde é.

— Estou na mesma: e a senhora onde mora?...

A velha disse-me o nome da rua e o número da casa em que morava, e sumiu-se ligeira como um coelho.

Eu estava entusiasmado: não conhecia ainda a *bela misteriosa*; mas pelo menos já possuía a *bolsa de seda*.

Corri para casa, e cheio de ardor, tendo nos olhos o fogo da felicidade, e no coração o anelo da mais terna esperança, apresentei a *bolsa de seda* a minha mãe e a minha irmã.

— Então, que lhes dizia eu?... exclamei; tenho a bolsa ou não?...

— Mas... que vale uma bolsa?... perguntou-me minha mãe.

— Essa agora é boa!... que vale uma bolsa?... pergunte ao mundo, minha mãe! um homem que tem uma bolsa, tem o segredo da felicidade no amor.

— Vazia assim?... disse-me rindo-se e sacudindo com a bolsa minha irmã.

— Sacrílega! exclamei.

— Entretanto, deve-se confessar que está bem feitinha! continuou ela examinando; eis aqui uma mancha...

— Foi dos meus beijos, acudi eu.

— Vejamos por dentro, prosseguiu minha irmã que é das Arábias, voltando a bolsa de dentro pra fora.

Eu estava em êxtase.

— Oh!... exclamou ela soltando uma risada.

— Então que é isso?...

— Constâncio, perguntou-me a cruel moça; a tua desconhecida é costureira de alguma casa de modas da rua do Ouvidor?

— Invejosa!

— Esta bolsa veio de Paris: olha aqui no fundo a marca da casa da rua do Ouvidor.

Vi... vi, e, coisa extraordinária, não desmaiei! tive naquele momento pena de não ser mulher; se eu o fosse, teria arranjado um faniquito a propósito.

Enquanto minha mãe e minha irmã desfaziam-se em risadas, saí e corri desesperado à casa da velha de mantilha. Lembrava-me perfeitamente a rua e o número; cheguei deitando a alma pela boca fora, e... tenho vergonha de o dizer...

— Então que foi?...

— O número que a velha me tinha dado era de uma casa de vigésimos.

— Bravo! logrado pela moça e pela velha... E depois?...

— Ah! depois? depois! é que cinco dias inteiros fui vítima das zombarias de minha terrível irmã, que não cessa de ridicularizar a minha paixão e ainda mais a minha apaixonada!

— Pois tu ainda estás apaixonado?...

— Sábado passado estava até os olhos; agora estou até os

cabelos! que queres?... o homem é escravo da mulher que mais martírios o faz sofrer.

— E ficou nisso a história?...

— Não: até aqui o ridículo, até aqui o desespero, a raiva, e não sei que mais; daqui por diante uma luzinha de esperança.

— Acende-a depressa aos olhos dos meus leitores, Constâncio.

— Fui durante a semana todas as noites à casa da família pobre onde pela primeira vez encontrara a desconhecida: uma noite fui às dez horas, outra às nove, outra às oito e outra às sete, desde domingo até quinta-feira.

— E a *bela misteriosa*?...

— Foi todas essas noites também; mas sempre saía dez minutos antes da minha chegada, como se alguém a prevenisse dela! além de formosa, porque o há de ser por força, é ainda mais feiticeira!...

— Enganam-te nessa casa também, Constâncio: a desconhecida lá não tornou mais.

— Oh se tornou! deixa sempre sinais da sua visita, disse Constâncio, tirando um embrulho do bolso da casaca: olha!

Olhei: Constâncio desatou o embrulho que estava amarrado com uma fita verde; vi cinco embrulhos mais pequenos: no primeiro estava escrito — domingo.

— Eis aqui as pétalas de uma rosa que na noite de domingo ela desfolhou ao pé da cama velha. Aqui está no embrulho da segunda-feira uma luvazinha de mão de criança que ela esqueceu sobre a cadeira; no embrulho da terça-feira uma fita de sapato que se lhe rebentou; no embrulho da quarta-feira três alfinetes e uma agulha com que estivera tecendo; e no da quinta-feira, enfim, um lencinho bordado, mas sem trazer marcadas as iniciais do nome de sua dona, que é o que sinto.

— Ah Constâncio! desta vez embrulhaste-me a semana toda!

— E o mais é que a *bela misteriosa* me conhece; falou a meu respeito, disse o meu nome, o de minha mãe e de minha irmã, sabe onde moramos, e asseverou que me ama extremosamente desde muito tempo.

— Bravo! e a *bolsa de seda?*...

— Foi um mono que me pregou a velha de mantilha; a *bolsa de seda* ela apenas pôde acabar na quinta-feira à noite, e confessou que a destina para a exposição de amanhã.

— Oh! então, parabéns!

— Mas o pior é que ela teima em não dar-se a conhecer, e jura que eu nunca lhe verei o rosto: ontem logrou-me como se logra a um tolo; ao mesmo tempo porém inflamou ainda mais as minhas esperanças.

— Conta-me isso.

— Um dos filhos da pobre mulher a quem socorremos tem estado quase não quase a fazer viagem; ontem fui fazer-lhe a minha visita às sete e meia horas da noite; até então tinha lá ido às sete, oito, nove, dez horas certas; na sexta-feira comecei a fazer as minhas visitas às meias horas, a ver se me encontrava com a bela da *bolsa de seda*. Entrei, e logo pelo suave aroma que recendia na sala, conheci que a desconhecida havia pouco dali saíra; não me animei a perguntar por ela, porque vi a pobre mãe chegar à sala e entrar chorando na alcova, levando na cabeça uma bacia de pés com água quase fervendo.

— Que há? perguntei.

— O meu filhinho mais novo que acaba de cair com o cólera.

Tive pena da triste mãe; atirei com a casaca para um lado, arregacei as mangas da camisa e fui dar o escalda-pés à criança. O meu anjo da caridade tinha-me ensinado a ser caridoso.

A mãe resistiu, e eu teimei e venci: já estava terminado o pedilúvio, quando senti os passos de alguém que fugia: olhei para trás... era a *bela misteriosa*, que saindo do interior da casa, desaparecia pela porta da rua, atirando sobre mim um papel.

Em mangas de camisa, como estava, não podia segui-la pela rua; apanhei o papel suspirando, enquanto a infeliz mãe envolvia o filhinho em colchas de lã.

O papel continha um cartuchinho com uma violeta, símbolo

da modéstia, e duas linhas com letras escritas provavelmente com a mão esquerda, que diziam assim: "A caridade não se ostenta; por isso me escondo: tu me vês todos os dias, e não me reconheces, nem me hás de reconhecer; amas-me, e eu te amo."

Fiquei louco de alegria; não dormi toda a noite: fui obrigado a ouvir os gracejos e zombarias de minha irmã desde o almoço até às onze horas da manhã, e fiel à minha promessa ao meio-dia te apareci.

— Mas ficas ainda em dívida.

— Sábado espero pagar-te toda a minha conta.

— Excelentemente! E amanhã?...

— Amanhã terei a minha *bolsa de seda*, e não me fiarei mais em velhas de mantilha.

Dizendo isto, Constâncio tomou o chapéu e saiu.

III

Confiado na pontualidade do meu amigo Constâncio, eu esperava pelo sábado ao meio-dia para receber a continuação ou a conclusão do romance da *bolsa de seda,* quando casualmente encontrei esse namorado da *bela misteriosa* dois dias antes daquele em que contava vê-lo aparecer.

Sabe-se que ultimamente alguns observadores curiosos da capital descobriram no céu uma estrela brilhante à hora em que se parte o dia, e acharam nesse fato uma novidade, que os encanta.

Uma autoridade competente declarou que a estrela que se via era o planeta *Vênus*, e que não havia nada de extraordinário no fenômeno; mas a despeito de tal declaração não diminuiu o número dos curiosos, que se entregam com vivo interesse à observação da *estrela do meio-dia*.*

....

* O fato, a que aludo neste lugar, passou-se com efeito então no Rio de Janeiro (N.A.).

E quinta-feira, ao dar o sino de S. Francisco de Paula o sinal do meio-dia, passava eu pela Praça da Constituição, e eis que vejo uma coluna cerrada de improvisados astrônomos de olhos fitos no céu.

Aproximei-me, e qual não foi a minha surpresa, quando descobri no meio dos curiosos o meu amigo Constâncio!

Cheguei-me a ele e chamei-o! tempo perdido!... o rapaz estava com o juízo acima do mundo da lua.

— Diabo! exclamou enfim; atrapalhaste-me no instante em que Vênus começava a brincar com as meninas dos meus olhos!

— Constâncio! pois assim te deixas prender pelos encantos de uma Vênus que nunca há de ser tua, e esquecendo talvez a *bela misteriosa?...*

Apenas pronunciei as palavras *bela misteriosa*, vi o meu amigo Constâncio mudar de feição e ficar assim com uma cara de noivo logrado, ministro demitido, candidato mamado, ator pateado, que vem tudo a dar na mesma cara. Compreendi logo que o amante da *bela misteriosa* tinha feito fiasco.

— Constâncio, disse-lhe eu, adivinho que chegaste ao desfecho do teu romance.

Fez-me com a cabeça um sinal afirmativo.

— Pois então faze de conta que hoje é sábado, e vamos ao caso.

— *Infandum, regina, jubes renovare...**

Não o deixei acabar o verso de Virgílio.

— Tenho a tua palavra: paga-me o que me deves.

— Pois sim... estou preso pela minha palavra... não há remédio...

— Vamos a isso: que tens a dizer-me?...

— Primeiro que tudo digo-te o que já te tenho dito dez vezes: sou um tolo!

— Sim; mas tens consciência: é uma consolação; porém a história, a história?...

* Em latim no original: *Infandum, regina, jubes renovare dolorem* (Virgílio, *Eneida*): “Mandas-me, rainha, renovar uma dor indizível” (N.E.).

— Vais rir... vais zombar de mim!

— Como?... pois a *bela misteriosa* não disse à velha e depois não te escreveu num bilhete que te amava extremosamente?...

— Disse, e até falou a verdade.

— Pois que mais queres, coração insaciável?

Constâncio soltou um suspiro magoado.

— Ah! já sei: a tua *bela misteriosa* é alguma velha feia, e...

— Ao contrário, é moça, e bela.

— Já a viste?...

— Vi-a sim; e repito que é moça e bela.

— Mas desenxavida... pretensiosa...

— Também não; é espirituosa e modesta.

— Então agora acertei: depois que a viste e a conheces, a tua razão, que é calculista como um agiota, te está de contínuo cantando aos ouvidos aquela velha cantiga que acaba assim:

Casar com mulher sem dote
É remar contra a maré.

— Ainda te enganas: ela é tão rica como eu.

— Em tal caso dou as mãos à palmatória, e confesso que não decifro o enigma.

Constâncio pensou um momento, e depois disse:

— Visto que sempre terei de te contar o fim da história, tanto faz hoje como sábado.

— Digo-te que estás criando juízo, Constâncio.

— Passeemos.

Dei-lhe o braço: começamos a passear e ele tomou logo a palavra.

— Creio que não preciso dizer-te que domingo não faltei à exposição dos objetos oferecidos pelas senhoras a favor da pobreza. Eu! eu, que estou habituado a levantar-me da cama às dez horas do dia, fui domingo amanhecer à porta da Academia das Belas-Artes: jejuei até e pela primeira vez na minha vida, pois saí de casa sem me lembrar de almoçar. O amor e a política, tirando ambos igualmente o juízo ao homem, têm um notável ponto de dessemelhança: o amor sacrifica a barriga ao coração e a política de muita gente é um sacrifício do coração à barriga.

— Não te afastes da questão principal, Constâncio.

— Enfim!... estava lá!... descobri finalmente a minha querida *bolsa de seda* entre os interessantes objetos expostos! reconheci-a logo... imediatamente: era ela mesma, era a *bolsa de seda*!

— Que rapaz afortunado!

— Foi minha, e havia de sê-lo por força! eu teria preferido aquela simples *bolsa de seda* à própria *Estrela do Sul*, ou à *Montanha da Luz*!

— Parolas de namorado.

— Em uma palavra, achei-me de posse da minha *bolsa de seda*, e apenas a vi nas minhas mãos, esquecendo a exposição e não querendo saber de mais nada, atirei-me para casa a galope.

— A *galope?*... penso que deves retirar a expressão, Constâncio.

— De modo nenhum: a palavra foi admitida há alguns anos nos mais brilhantes salões; não havia ninguém que pretendesse as honras do grande tom, que não *galopasse* nos bailes; por consequência não retiro a expressão e repito, galopei.

— Perfeitamente!

— Entrei por nossa casa entusiasmado e delirante, bradando: "ei-la aqui! ei-la aqui!..." minha mãe e minha irmã acudiram aos meus gritos; mostrei-lhes a minha suspirada *bolsa*; era de seda verde (tinha a cor da esperança) e primorosamente trabalhada. Minha mãe achou-a perfeita, e minha irmã, depois de examiná-la cuidadosamente, depois de virá-la e revirá-la umas poucas de vezes de dentro para fora e de fora para dentro, tornou-me a entregar a minha encantada *bolsa de seda*, contentando-se com fazer um bico.

— Um bico!...

— Sim, um momo: as moças quando depois de examinar uma obra, um trabalho devido à habilidade e delicadeza de outra moça, não lhe põem defeitos, e acabam fazendo simplesmente um bico, é porque não têm nada, nada absolutamente que dizer.

— Bravo! és um novo La Bruyère.

— Eu tinha jurado não me separar mais nunca da *bolsa de seda*; guardei-a pois junto do coração no bolso do peito da casaca.

— E foi muito justo que guardasses uma bolsa por cima do coração; porque o coração dos homens bate de ordinário por baixo da algibeira, e a algibeira não é coisa melhor do que uma bolsa.

— Estava enfim senhor da *bolsa de seda*; faltava-me porém ainda saber quem era a *bela misteriosa*: na exposição eu havia perguntado debalde e em vão procurado descobrir qual a senhora que tinha oferecido a *bolsa de seda verde*: perdi o meu tempo: ninguém sabia, ou ninguém me quis responder. Não desanimei; no meu galope para casa delineei um plano admirável, que me devia fazer penetrar o segredo que me roubava e escondia o nome de minha apaixonada; jurei a mim mesmo que antes da noite saberia o nome da *bela misteriosa*, e decifraria a difícil charada; mas de que se haviam de lembrar minha mãe e minha irmã! determinaram ir ver o balão aerostático, e apesar de tudo quanto disse e das observações que fiz, teimaram e declararam-me em estado de sítio por todo o resto do dia.

— Sim; mas...

— Fomos ver o tal balão: às três horas achávamo-nos instalados nos nossos lugares da primeira ordem e o demoninho de minha irmã, que encontrou logo quatro ou cinco camaradas tão demoninhos como ela, ajuntou-se com as amigas e, falando todas a um tempo, disseram cobras e lagartos contra a minha *bela misteriosa*; mas eis que de repente cai a estaca que suspendia o balão, fura-se este, o povo grita e se amotina e...*

— E ficas tu em disponibilidade e aproveitas a tarde.

— Qual! espera: no fervor daquela desordem, as moças assustam-se, e minha irmã com as suas amigas, tremendo e gritando, abraçam-se comigo.

— Feliz Constâncio!

* Deixou com efeito de efetuar-se essa ascensão de um balão aerostático, em consequência do desarranjo, a que alude o romance (N.A.).

— Minha mãe ralha, e eu procuro sossegá-las... mas elas não me deixam senão quando o ruído serena e o povo se resolve a retirar-se: enfim dou parabéns à minha fortuna ao ver-me de novo em casa; despeço-me de minha mãe, e vou sair; lembro-me porém de minha *bolsa de seda*, e dá-me vontade de beijá-la ainda uma vez: meto a mão no bolso, e...

— E o quê?...

— Oh! tinham-me furtado a *bolsa de seda*!...

— Deveras?...

— É como te digo: aproveitando a desordem que sucedeu à catástrofe do balão, uma mão sutil furtou-me a *bolsa de seda*! não sei como não morri de desespero!

— E com razão.

— E queres saber quem foi que furtou a *bolsa*?...

— Quem?...

— Foi *ela*.

— *Ela*?

— Sim, a *bela misteriosa*, ela mesma.

— Estás sonhando, Constâncio.

— Ora!... deixou-me uma prova disso.

— Como?

— Furtando-me a minha querida *bolsa*, deixou em lugar dela um bilhete escrito com uma letra tão habilmente descaracterizada que nem o diabo seria capaz de adivinhar a mãozinha que o escreveu.

— E esse bilhete?...

— Continha estas breves palavras: "Furto-te a *bolsa de seda*, que recorda as nossas loucuras. Uma barreira indestrutível nos separa. Adeus para sempre. Doravante não serei mais a tua *bela misteriosa*."

— E acabou-se a história.

— Oh! antes acabasse aí! ficaria ao menos sendo um belo sonho da minha vida.

— Pois continua ainda?...

— Sim; depois de refletir um pouco, entendi que o bilhete era um novo logro que me estava preparado, e que a *bela misteriosa* pretendia somente, tirando-me a esperança de tornar a encontrá-la, afastar-me da casa da família pobre, para ela poder ir lá a seu gosto; determinei portanto continuar a fazer tudo por vê-la e conhecê-la.

— Mas, Constâncio, tu já podes desconfiar de quem ela seja: olha, provavelmente quem te furtou a bolsa foi uma das moças que se abraçaram contigo; o bilhete fala em *barreira indestrutível*, o que quer dizer que a *bela misteriosa* é casada, e por consequência...

— Tudo isso pensei eu; e por fim de contas lembrei-me de que todas as sujeitinhas que me abraçaram, andam doidas por achar marido, o que é o mesmo que dizer que todas elas são solteiras.

— Continua a tua história.

— Com a minha ideia na cabeça, logo que anoiteceu parti para a casa da família pobre: entrei e vi a velha e seus filhinhos chorando.

— Que novidades há?... perguntei: o menino perigou?...

— Ao contrário, senhor, respondeu-me a velha; está quase bom, graças aos seus dois benfeitores.

— E então por que choram?...

— Oh! senhor! é a nossa benfeitora, é o nosso bom anjo, que ontem à noite nos fez as suas despedidas, e que não volta mais.

Senti andar-me a cabeça à roda: disse adeus à velha, e saí; eu estava sufocado... precisava de ar.

— Pobre Constâncio!

— Os obstáculos acendiam ainda mais a paixão que me devorava; era-me indispensável tornar a encontrar-me com a *bela misteriosa*, com essa mulher singular, cujo véu eu quisera queimar com o fogo dos meus olhos, com essa mulher poética, romanesca, vaporosa que se fazia amar sem mostrar o rosto! De súbito parei, e refleti.

Quem sabe?... disse comigo mesmo: quem sabe se as despedidas feitas à velha não são tão mentirosas como as do bilhetinho que me pôs no bolso?... quem sabe se não é ainda o mesmo sistema empregado para me arredar daquela casa?

Voltei para trás e então mais cauteloso, escolhendo as ruas

e os becos menos frequentados, e por onde eu nunca passava, tornei a dirigir-me à casa da família pobre.

Quando me achei perto, aproximei-me nas pontas dos pés... cheguei-me à rótula, que por sinal abria-se para dentro, conforme o disposto nas posturas da câmara municipal.

— Ora, Constâncio!... que posturas tão sem pés nem cabeça!... esfriaste a narração com elas.

— Tens razão; deita fora as posturas.

— Pois sim; não façamos caso delas... também ninguém faz. Vamos à história: tinhas chegado à rótula.

— Cheguei... olhei para dentro... e vi... oh!

— O quê?

— Era *ela*!...

— Quem?... a *bela misteriosa?*...

— Sim; não contava mais comigo, e tinha esquecido todas as precauções que costumava tomar. O seu véu estava deposto sobre uma cadeira ao pé da porta; e ela conversava com a velha, sentada com as costas voltadas para a rua.

— E tu?...

— Eu?... que pergunta! eu estava olhando, e por consequência estava com a cara voltada para dentro.

— Não é isso: que fizeste?...

— Primeiro tomei uma larga respiração... depois empurrei a porta de repente, lancei-me para dentro, e apoderei-me do véu, bradando: — enfim!...

— E ela?...

— Soltou um grito de espanto... Voltou-se para ver quem era... esbarrou-se comigo... e...

— E... o quê?...

— E desatou uma risada.

— Uma risada... então?...

— Sou um tolo!... sou um pedaço de asno!

— Mas enfim ela... quem era?...

— Era... sou um pateta!... confesso que sou um bobo!...

— Mas ela... ela...

— Era minha irmã.

A vida em falsete

O "romance brasileiro" nasceu pelas mãos de um médico respeitado, amigo do imperador, que se tornaria um dos escritores mais populares do país. Com a publicação de *A Moreninha*, em 1844, Joaquim Manuel de Macedo causou, de acordo com o crítico Antonio Candido, "uma pequena revolução literária". Seguindo modelos da Europa, ele foi o primeiro a transportar para a ficção os ambientes, os costumes e os tipos urbanos nacionais. O estilo era romanesco, mas as pequenas intrigas se passavam nos quadros da sociedade carioca, atentamente observada pelo autor.

No Brasil do Segundo Reinado, que mesmo após a Independência ainda procurava ser (ou parecer) europeu, foi imediato o êxito das narrativas de Macedo. Histórias de dupla fisionomia, elas juntavam a "cor local" — exigida pelo nacionalismo romântico — com a forma importada de um meio socialmente mais rico e diversificado. Entretanto, na burguesia pacata do Rio de Janeiro, esse figurino estrangeiro pesa e destoa. A impressão é de um romance "em falsete", como se o escritor imitasse uma imitação. E o pior de tudo é que, em vez de copiar exemplos ilustres como Balzac ou Stendhal, os nossos primeiros romancistas se limitaram aos moldes da subliteratura francesa. No sentimentalismo piegas do folhetim, colheram os recursos da comunicação fácil e do entretenimento, que era tudo o que buscava a nova massa de leitores.

As novelas ultrarromânticas, assim como os romances de capa e espada, apresentam seres convencionais, envolvidos com a eterna luta entre o Bem e o Mal. As peripécias se desenrolam sem nenhuma preocupação com a lógica ou a verossimilhança. Não importa o que se passa dentro dos personagens, mas apenas a sequência de encontros e desencontros, governada pelo mistério e pela fatalidade, que dá ao enredo um caráter mecânico, falso, previsível. Os acidentes se repetem infinitamente, como se o objetivo fosse fatigar o leitor, transformando em tédio o excitante passatempo.

Algo desse fastio está presente em "A bolsa de seda". A história contada dentro da história reitera, com humor leve, os clichês do amor romântico, mas a narrativa comporta outro tema — o desgaste do folhetim —, e aí reside seu principal interesse. O conto pertence ao volume *Os romances da Semana*, publicado em 1861 — uma reunião de "ligeiros romances" escritos ao correr da pena para o *Jornal do Commercio*, nos quais o próprio autor reconhecia a "pobreza de ação" e o "desmazelo de estilo". O episódio se passa em 1855. Curiosamente, foi nessa data que Macedo, embora consagrado, abandonou a produção de romances, inaugurando um período de dez anos de silêncio — talvez influenciado pela concorrência de Alencar.

Em "A bolsa de seda", há vários sinais dessa crise. Numa espécie de metalinguagem, o escritor expõe sua falta de inspiração, as agruras do ofício e os mecanismos de que se vale para satisfazer os leitores — o suspense, as pausas, o cuidado de alimentar a chama, de não esfriar a narração. O enredo é dado por seu amigo, o jovem Constâncio, de quem ele reproduz a história ou o "romance".

O esquema é o mesmo utilizado em *A Moreninha*: o namoro cheio de obstáculos, o segredo da identidade, o reconhecimento final. Enredo e linguagem são calculados "para ser tudo à romântica". Mas a solução do mistério ridiculariza os excessos desse amor romântico, que envolve a mulher num ideal de pureza e plenitude inatingível (daí a importância do véu, misto de barreira e ilusão). Anjo de caridade? Irmã dos pobres? Ao se descobrir o rosto da bela misteriosa, também sobram farpas para a solidariedade afetada dos ricos, que se comovem com os miseráveis apenas por ostentação ou quando estes servem a seus interesses amorosos e de divertimento. E por converter charadas em mitos, o herói afinal se confessa um "pedaço de asno", atolado na bruma romântica.

O fundador do nosso romance certamente teria gostado de superar a ingenuidade do folhetim — a vida em falsete, esse véu que o apaixonado Constâncio "quisera queimar" com o fogo dos olhos. A superação se daria mais tarde com José de Alencar e, sobretudo, com Machado de Assis. Não estava ainda ao alcance de seus dedos.

Manuel Antônio Álvares de Azevedo nasceu em São Paulo, em 1831, e morreu de tuberculose em 1852, no Rio de Janeiro, antes de completar 21 anos. Revelou desde cedo grande talento e capacidade intelectual. Estudou Humanidades no Colégio Pedro II e Direito na Faculdade de São Paulo, onde integrou grupos boêmios e satânicos, ao lado de Bernardo Guimarães e Aureliano Lessa. Em quatro anos de atividade literária, teve uma farta produção poética e escreveu importantes textos em prosa. Mas sua obra só foi publicada após sua morte.

Principais obras: *Lira dos vinte anos*; *Poesias diversas*; *Poema do frade*; *O conde Lopo*; *Noite na taverna*; *Macário*.

Gennaro
Álvares de Azevedo

*Meurs ou tue!**
Corneille

— Gennaro, dormes, ou embebes-te no sabor do último trago do vinho, da última fumaça do teu cachimbo?

— Não: quando contavas tua história, lembrava-me uma folha da vida, folha seca e avermelhada como as do outono, e que o vento varreu.

— Uma história?

— Sim: é uma das minhas histórias: sabes, Bertram, eu sou pintor, é uma lembrança triste essa que vou revelar, porque é a história de um velho e de duas mulheres, belas como duas visões de luz.

Godofredo Walsh era um desses velhos sublimes, em cujas cabeças as cãs semelham o diadema prateado do gênio. Velho já, casara em segundas núpcias com uma beleza de vinte anos. Godofredo era pintor: diziam uns que este casamento fora um amor artístico por aquela beleza Romana, como que feita ao molde das belezas antigas — outros criam-no compaixão pela pobre moça que vivia de servir de modelo. O fato é que ele a queria

* Em francês no original: "Morra ou mate!" (N.E.).

como filha — como Laura, a filha única de seu primeiro casamento — Laura, corada como uma rosa, e loira como um anjo.

Eu era nesse tempo moço: era aprendiz de pintura em casa de Godofredo. Eu era lindo então! que trinta anos lá vão! que ainda os cabelos e as faces me não haviam desbotado como nesses longos quarenta e dois anos de vida! Eu era aquele tipo de mancebo ainda puro do ressumbrar infantil, pensativo e melancólico como o Rafael se retratou no quadro da galeria Barberini. Eu tinha quase a idade da mulher do mestre. — Nauza tinha vinte — e eu tinha dezoito anos.

Amei-a, mas meu amor era puro como meus sonhos de dezoito anos. Nauza também me amava: era um sentir tão puro! era uma emoção solitária e perfumosa como as primaveras cheias de flores e de brisas que nos embalavam aos céus da Itália.

Como eu o disse — o mestre tinha uma filha chamada Laura. Era uma moça pálida, de cabelos castanhos e olhos azulados; sua tez era branca, e só às vezes, quando o pejo a incendia, duas rosas lhe avermelhavam a face e se lhe destacavam no fundo de mármore. Laura parecia querer-me como a um irmão. Seus risos, seus beijos de criança de quinze anos eram só para mim. À noite, quando eu ia deitar-me, ao passar pelo corredor escuro com minha lâmpada, uma sombra me apagava a luz e um beijo me pousava nas faces, nas trevas.

Muitas noites foi assim.

Uma manhã — eu dormia ainda — o mestre saíra e Nauza fora à igreja — quando Laura entrou no meu quarto e fechou a porta: deitou-se a meu lado. Acordei — nos braços dela.

O fogo de meus dezoito anos, a primavera virginal de uma beleza, ainda inocente, o seio seminu de uma donzela a bater sobre o meu: isso tudo ao despertar dos sonhos alvos da madrugada, me enlouqueceu...

Todas as manhãs Laura vinha a meu quarto...

Três meses passaram assim. Um dia entrou ela no meu quarto e disse-me:

— Gennaro, estou desonrada para sempre... A princípio eu quis-me iludir — já não o posso — estou de esperanças...

Um raio que me caísse aos pés não me assustaria tanto.

— É preciso que cases comigo — que me peças a meu pai, ouves, Gennaro?

Eu calei-me.

— Não me amas então?

Calei-me ainda.

— Oh! Gennaro, Gennaro!

E caiu no meu ombro desfeita em soluços. Carreguei-a assim fria e fora de si para seu quarto.

Nunca mais tornou a falar-me em casamento.

Que havia de eu fazer? contar tudo ao pai, e pedi-la em casamento? Fora uma loucura... Ele me mataria e a ela: ou pelo menos me expulsaria de sua casa... E Nauza? cada vez eu a amava mais. Era uma luta terrível essa que se travava entre o dever e o amor, e entre o dever e o remorso.

Laura não me falara mais. Seu sorriso era frio: cada dia tornava-se mais pálida, mas a gravidez não crescia, antes mais nenhum sinal se lhe notava...

O velho levava as noites passeando no escuro. Já não pintava. Vendo a filha que morria aos sons secretos de uma harmonia de morte, que empalidecia cada vez mais, o misérrimo arrancava as cãs.

Eu contudo não esquecera Nauza, nem ela se esquecia de mim. Meu amor era sempre o mesmo: eram sempre noites de esperança e de sede que me banhavam de lágrimas o travesseiro. Só às vezes sombra de um remorso me passava, mas a imagem dela dissipava todas essas névoas...

Uma noite... foi horrível... vieram chamar-me: Laura morria. Na febre murmurava meu nome e palavras que ninguém podia reter, tão apressadas e confusas lhe soavam. Entrei no quarto dela: a doente conheceu-me. Ergueu-se branca, com a face úmida de um suor copioso: chamou-me. Sentei-me junto do leito dela. Apertou minha mão nas suas mãos frias e murmurou em meus ouvidos:

— Gennaro, eu te perdoo: eu te perdoo tudo... Eras um infame... Morrerei... Fui uma louca... Morrerei... por tua causa... teu filho... o meu... vou vê-lo ainda... mas no céu... meu filho que matei... antes de nascer...

Deu um grito: estendeu convulsivamente os braços como para repelir uma ideia, passou a mão pelos lábios como para enxugar as últimas gotas de uma bebida, estorceu-se no leito, lívida, fria, banhada de suor gelado, e arquejou... Era o último suspiro.

Um ano todo se passou assim para mim. O velho parecia endoidecido. Todas as noites fechava-se no quarto onde morrera Laura: levava aí a noite toda em solidão. Dormia? ah que não! Longas horas eu o escutei no silêncio arfar com ânsia, outras vezes afogar-se em soluços. Depois tudo emudecia: o silêncio durava horas — o quarto era escuro: e depois as passadas pesadas do mestre se ouviam pelo quarto, mas vacilantes como de um bêbedo que cambaleia.

Uma noite eu disse a Nauza que a amava: ajoelhei-me junto dela, beijei-lhe as mãos, reguei seu colo de lágrimas. Ela voltou a face: eu cri que era desdém, ergui-me.

— Então Nauza, tu me não amas, disse eu.

Ela permanecia com o rosto voltado.

— Adeus pois: perdoai-me se vos ofendi: meu amor é uma loucura, minha vida é uma desesperança — o que me resta? Adeus, irei longe — longe daqui... talvez então eu possa chorar sem remorso...

Tomei-lhe a mão e beijei-a.

Ela deixou sua mão nos meus lábios.

Quando ergui a cabeça, eu a vi: ela estava debulhada em lágrimas.

— Nauza — Nauza — uma palavra, tu me amas?

....

Tudo o mais foi um sonho: a lua passava entre os vidros da janela aberta, e batia nela: nunca eu a vira tão pura e divina!

....

E as noites que o mestre passava soluçando no leito vazio de sua filha, eu as passava no leito dele, nos braços de Nauza.

Uma noite houve um fato pasmoso.

O mestre veio ao leito de Nauza. Gemia e chorava aquela voz cavernosa e rouca: tomou-me pelo braço com força, acordou-me, e levou-me de rasto ao quarto de Laura...

Atirou-me ao chão: fechou a porta. Uma lâmpada estava acesa no quarto defronte de um painel. Ergueu o lençol que o cobria. — Era Laura moribunda! E eu macilento como ela tremia como um condenado. A moça com seus lábios pálidos murmurava no meu ouvido...

Eu tremi de ver meu semblante tão lívido na tela: e lembrei-me que naquele dia ao sair do quarto da morta, no espelho dela que estava ainda pendurado à janela, eu me horrorizara de ver-me cadavérico...

Um tremor, um calafrio se apoderou de mim. Ajoelhei-me, e chorei lágrimas ardentes. Confessei tudo: parecia-me que era ela quem o mandava, que era Laura que se erguia dentre os lençóis do seu leito, e me acendia o remorso, e no remorso me rasgava o peito.

Por Deus! que foi uma agonia!

No outro dia o mestre conversou comigo friamente. Lamentou a falta de sua filha — mas sem uma lágrima: sobre o passado da noite, nem palavra.

Todas as noites era a mesma tortura, todos os dias a mesma frieza.

O mestre era sonâmbulo...

E pois eu não me cri perdido...

Contudo lembrei-me que uma noite, quando eu saía do quarto de Laura com o mestre, no escuro vira uma roupa branca passar-me por perto, roçaram-me uns cabelos soltos, e nas lajes do corredor estalavam umas passadas tímidas de pés nus... Era Nauza que tudo vira e tudo ouvira, que se acordara e sentira minha falta no leito, que ouvira esses soluços e gemidos, e correra para ver...

....

Uma noite, depois da ceia, o mestre Walsh tomou sua capa e uma lanterna, e chamou-me para acompanhá-lo. Tinha de sair fora da cidade e não queria ir só. Saímos juntos: a noite era escura e fria. O outono desfolhara as árvores e os primeiros sopros do inverno rugiam nas folhas secas do chão. Caminhamos juntos muito tempo: cada vez mais nos entranhávamos pelas montanhas, cada vez o caminho era mais solitário. O velho parou. Era na fralda de uma montanha. À direita o rochedo se abria num trilho: à esquerda as pedras soltas por nossos pés a cada passada se despegavam e rolavam pelo despenhadeiro, e instantes depois se ouvia um som como de água onde cai um peso...

A noite era escuríssima. Apenas a lanterna alumiava o caminho tortuoso que seguíamos. O velho lançou os olhos à escuridão do abismo e riu-se.

— Espera-me aí, disse ele — já venho.

Godofredo tomou a lanterna e seguiu para o cume da montanha: eu sentei-me no caminho à sua espera: vi aquela luz ora perder-se, ora reaparecer entre os arvoredos nos zigue-zagues do caminho. Por fim vi-a parar. O velho bateu à porta de uma cabana: a porta abriu-se. Entrou. O que aí se passou nem o sei: quando a porta abriu-se de novo uma mulher lívida e desgrenhada apareceu com um facho na mão.

A porta fechou-se. Alguns minutos depois o mestre estava comigo.

O velho assentou a lanterna num rochedo, despiu a capa e disse-me:

— Gennaro, quero contar-te uma história. É um crime, quero que sejas juiz dele. Um velho era casado com uma moça bela. De outras núpcias tinha uma filha bela também. Um aprendiz — um miserável que ele erguera da poeira, como o vento às vezes ergue uma folha, mas que ele podia reduzir a ela quando quisesse...

Eu estremeci, os olhares do velho pareciam ferir-me.

— Nunca ouviste essa história, meu bom Gennaro?

— Nunca, disse eu a custo e tremendo.

— Pois bem — esse infame desonrou o pobre velho: traiu-o como Judas ao Cristo.

— Mestre, perdão!

— Perdão! e perdoou o malvado ao pobre coração do velho?

— Piedade!

— E teve ele dó da virgem, da desonrada, da infanticida?

— Ah! gritei.

— Que tens? conheces o criminoso?

A voz de escárnio dele me abafava.

— Vês pois, Gennaro, disse ele mudando de tom, se houvesse um castigo pior que a morte, eu to daria. Olha esse despenhadeiro! É medonho! se o visses de dia, teus olhos se escureceriam e aí rolarias talvez — de vertigem! É um túmulo seguro: e guardará o segredo, como um peito o punhal. Só os corvos irão lá ver-te, só os corvos e os vermes. E pois, se tens ainda no coração maldito um remorso, reza tua última oração: mas seja breve. O algoz espera a vítima: a hiena tem fome de cadáver...

Eu estava ali pendente junto à morte. Tinha só a escolher o suicídio ou ser assassinado. Matar o velho era impossível. Uma luta entre mim e ele fora insana. Ele era robusto, a sua estatura alta, seus braços musculosos me quebrariam como o vendaval rebenta um ramo seco. Demais, ele estava armado. Eu — eu era uma criança débil: ao meu primeiro passo ele me arrojaria da pedra em cujas bordas eu estava... Só me restaria morrer com ele — arrastá-lo na minha queda. Mas para quê?

E curvei-me no abismo: tudo era negro: o vento lá gemia embaixo nos ramos desnuados, nas urzes, nos espinhais ressequidos, e a torrente lá chocalhava no fundo escumando nas pedras.

Eu tive medo.

Orações, ameaças, tudo seria debalde.

— Estou pronto, disse.

O velho riu-se: infernal era aquele rir dos seus lábios estalados de febre. Só vi aquele riso... Depois foi uma vertigem... o ar que sufocava, um peso que me arrastava, como naqueles pesadelos em que se cai de uma torre e se fica preso ainda pela mão, mas a mão cansa, fraqueia, sua, esfria... Era horrível: ramo a ramo, folha por folha os arbustos me estalavam nas mãos, as raízes secas que saíam pelo despenhadeiro estalavam sobre meu peso e meu peito sangrava nos espinhais. A queda era muito rápida... De repente não senti mais nada... Quando acordei estava junto a uma cabana de camponeses que me tinham apanhado junto da torrente, preso nos ramos de uma azinheira gigantesca que assombrava o rio.

Era depois de um dia e uma noite de delírios que eu acordara. Logo que sarei uma ideia me veio: ir ter com o mestre. Ao ver-me salvo assim daquela morte horrível, pode ser que se apiedasse de mim, que me perdoasse, e então eu seria seu escravo, seu cão, tudo o que houvesse mais abjeto num homem que se humilha — tudo! — contanto que ele me perdoasse. Viver com aquele remorso me parecia impossível. Parti pois: no caminho topei um punhal. Ergui-o: era o do mestre. Veio-me então uma ideia de vingança e de soberba. Ele quisera matar-me, ele tinha rido à minha agonia, e eu havia ir chorar-lhe ainda aos pés para ele repelir-me ainda, cuspir-me nas faces, e amanhã procurar outra vingança mais segura?... Eu humilhar-me quando ele me tinha abatido! Os cabelos me arrepiaram na cabeça, e suor frio me rolava pelo rosto.

Quando cheguei à casa do mestre achei-a fechada. Bati — não abriram. O jardim da casa dava para a rua: saltei o muro: tudo estava deserto e as portas que davam para ele estavam também fechadas. Uma delas era fraca: com pouco esforço arrombei-a. Ao estrondo da porta que caiu só o eco respondeu nas salas. Todas as janelas estavam fechadas e contudo era dia claro fora. Tudo estava escuro: nem uma lamparina acesa. Caminhei tateando até a sala do pintor. Cheguei lá — abri as janelas e a luz do dia derramou-se na sala deserta. Cheguei então ao quarto de Nauza — abri a porta e um bafo pestilento corria daí. O raio da luz bateu em uma mesa. — Junto estava uma forma de mulher com a face na mesa, e os cabelos caídos: atirado numa poltrona um vulto coberto com um capote. Entre eles um copo onde se depositara um resíduo polvilhento. Ao pé estava um frasco vazio. Depois eu o soube — a velha da cabana era uma mulher que vendia veneno: era ela decerto que o vendera, porque o pó branco do copo parecia sê-lo...

Ergui os cabelos da mulher, levantei-lhe a cabeça... Era Nauza, mas Nauza cadáver, já desbotada pela podridão. Não era aquela estátua alvíssima de outrora, as faces macias e colo de neve... Era um corpo amarelo... Levantei uma ponta da capa do outro — o corpo caiu de bruços com a cabeça para baixo — ressoou no pavimento o estalo do crânio... Era o velho — morto também roxo e apodrecido: eu o vi — da boca lhe corria uma escuma esverdeada.

....

O amor, a noite, a morte

"Foi poeta — sonhou e amou na vida", escreveu Álvares de Azevedo num verso famoso que se tornou seu epitáfio. Sobre o amor romântico, que jamais se realiza, que é puro devaneio e aspiração poética do infinito, ninguém no Brasil escreveu com tanto ardor quanto esse adolescente de alma cândida e devassa. Nos versos da *Lira dos vinte anos*, nos diálogos de *Macário*, nos contos de *Noite na taverna*, por toda a sua obra se espalham as imagens do amor interditado e da mulher inacessível, que a maioria das vezes aparece como anjo, abstração, estátua ou virgem adormecida. Daí o poderoso sentimento que Mário de Andrade chamou de "medo do amor".

Álvares de Azevedo foi o mais destacado entre os poetas da *segunda geração romântica*. Por acreditar que a nossa literatura fazia parte da portuguesa, não aderiu ao nacionalismo, preferindo os temas subjetivos e universais. Para ele, o indianismo de Gonçalves Dias soava artificial, e o problema da nacionalidade literária não se resumia à temática das obras (a mesma postura seria assumida mais tarde por Machado de Assis, no ensaio "Instinto de nacionalidade").

Outra característica dessa geração *ultrarromântica* foi a alternância entre um lirismo de tom melancólico e sentimental (a ternura de Casimiro de Abreu) e uma veia fortemente humorística, que resultou numa produção de caráter marginal, restrita às rodas boêmias. A ela correspondem os versos satíricos de Bernardo Guimarães, a perversidade de alguns poemas azevedianos e o desregramento que prolifera em *Noite na taverna*.

O satanismo foi a melhor tradução da rebeldia romântica. Graças à influência de Byron, esse enorme desassossego — o *mal do século* — acometeu como uma praga poetas de vários países. Contra os valores da burguesia, muitos passaram a cultivar o individualismo anárquico, o gosto pela ironia e pelo pessimismo, as descrições mórbidas, a imagética diabólica. Tudo isso está presente em *Noite na taverna*, uma das obras mais singulares da literatura brasileira e a única daquele período a refletir temas filosóficos e fantásticos.

Embora fosse essencialmente poeta, com ela Azevedo conquistou o prestígio de ser um dos maiores criadores do conto romântico.

Se a descrição do ambiente brasileiro foi o principal objetivo — e um fator de limitação — dos primeiros prosadores nacionais, com o nosso Byron tropical o que prevaleceu foi o desejo de fuga, para além da realidade histórica e social. A evasão tinha como horizonte não só as paisagens remotas e exóticas, mas também o sobrenatural, o inconsciente, a loucura e a morte, que é a imagem máxima da libertação romântica.

Noite na taverna começa com um animado debate sobre Deus, a imortalidade da alma e problemas ligados à metafísica de Fichte e Schelling (filósofos inspiradores do idealismo romântico). Na taverna esfumaçada, os personagens passam então a narrar contos fantasmagóricos, à maneira de Hoffmann — o inventor do *conto gótico*, de enorme influência no século XIX. São histórias de amor desesperado, incesto, necrofilia, traição, crime. Cenas diabólicas, ambientadas na Itália do "gozo blasfemo", que descrevem o lado escuro do homem. Mas não se trata de contos — adverte Solfieri —, são "lembranças do passado". Uma folha da vida, como diz Gennaro. Uma "folha seca".

Os críticos sempre desconfiaram da face libertina de Álvares de Azevedo. Seu satanismo, para muitos, era de fantasia. E mesmo considerando extravagantes as grosserias daquele menino tímido, de saúde precária, comovido por afeições familiares, nunca houve quem duvidasse da autenticidade atingida pelo autor em *Noite na taverna*. O conjunto das narrativas se impõe pela coerência, pela intensidade emocional, pelo calor da imaginação, pela invenção formal.

"Meu amor era puro como meus sonhos de dezoito anos", confessa Gennaro. É dessa juventude sem vícios que se recordam os amigos embriagados, lamentando a passagem do tempo. Eis que o satanismo e a evasão pelo vinho se transformam em elegia, em canto renovado de saudade. E na loucura da orgia outra vez se revela o amor impossível. O que se beija é sempre a morte — a amante dormida.

Bernardo Joaquim da Silva Guimarães nasceu em 1825, em Ouro Preto. Aos 24 anos, passou a morar em São Paulo e matriculou-se na Faculdade de Direito do Largo de São Francisco, onde adquiriu fama de boêmio e satírico. Foi juiz em Catalão, no interior de Goiás, e também trabalhou como jornalista e crítico literário no Rio de Janeiro. Em 1866, voltou a residir em sua terra natal. Na literatura, começou a carreira como poeta, mas ficou famoso por suas obras de ficção, como o romance *A escrava Isaura*, lançado em plena campanha abolicionista. Morreu em Ouro Preto, em 1884.

Principais obras: *O ermitão do Muquém* (1869); *Lendas e romances* (1871); *O seminarista* (1872); *O garimpeiro* (1872); *A escrava Isaura* (1875).

A dança
dos ossos
Bernardo Guimarães

I

A noite, límpida e calma, tinha sucedido a uma tarde de pavorosa tormenta, nas profundas e vastas florestas que bordam as margens do Parnaíba, nos limites entre as províncias de Minas e de Goiás.

Eu viajava por esses lugares, e acabava de chegar ao porto, ou recebedoria, que há entre as duas províncias. Antes de entrar na mata, a tempestade tinha-me surpreendido nas vastas e risonhas campinas que se estendem até a pequena cidade de Catalão, donde eu havia partido.

Seriam nove a dez horas da noite; junto a um fogo aceso defronte da porta da pequena casa da recebedoria, estava eu, com mais algumas pessoas, aquecendo os membros resfriados pelo terrível banho que a meu pesar tomara. A alguns passos de nós se desdobrava o largo veio do rio, refletindo em uma chispa retorcida, como uma serpente de fogo, o clarão avermelhado da fogueira. Por trás de nós estavam os cercados e as casinhas dos poucos habitantes desse lugar, e, por trás dessas casinhas, estendiam-se as florestas sem-fim.

No meio do silêncio geral e profundo sobressaía o rugido monótono de uma cachoeira próxima, que ora estrugia como se estivesse a alguns passos de distância, ora quase se esvaecia em abafados murmúrios, conforme o correr da viração.

No sertão, ao cair da noite, todos tratam de dormir, como os passarinhos. As trevas e o silêncio são sagrados ao sono, que é o silêncio da alma.

Só o homem nas grandes cidades, o tigre nas florestas, o mocho nas ruínas, as estrelas no céu, e o gênio na solidão do gabinete, costumam velar nessas horas que a natureza consagra ao repouso.

Entretanto, eu e meus companheiros, sem pertencermos a nenhuma dessas classes, por uma exceção de regra estávamos acordados a essas horas.

Meus companheiros eram bons e robustos caboclos, dessa raça semisselvática e nômade, de origem dúbia entre o indígena e o africano, que vagueia pelas infindas florestas que correm ao longo do Parnaíba, e cujos nomes, decerto, não se acham inscritos nos acentos das freguesias, e nem figuram nas estatísticas que dão ao império... não sei quantos milhões de habitantes.

O mais velho deles, de nome Cirino, era o mestre da barca que dava passagem aos viandantes.

De bom grado eu o compararia a Caronte, barqueiro do Averno, se as ondas turbulentas e ruidosas do Parnaíba, que vão quebrando o silêncio dessas risonhas solidões cobertas da mais vigorosa e luxuriante vegetação, pudessem ser comparadas às águas silenciosas e letárgicas do Aqueronte.

— Meu amo, decerto, saiu hoje muito tarde da cidade — perguntou-me ele.

— Não, era apenas meio-dia. O que me atrasou foi o aguaceiro, que me pilhou em caminho. A chuva era tanta e tão forte o vento que meu cavalo quase não podia andar. Se não fosse isso, ao pôr do sol eu estava aqui.

— Então, quando entrou na mata, já era noite?...

— Oh, se era!... já tinha anoitecido havia mais de uma hora.

— E Vm. não viu aí, no caminho, nada que o incomodasse?...

— Nada, Cirino, a não ser às vezes o mau caminho, e o frio, pois eu vinha ensopado da cabeça até os pés.

— Deveras, não viu nada, nada? é o primeiro!... pois hoje que dia é?...

— Hoje é sábado.

— Sábado!... que me diz? e eu, na mente que hoje era sexta-feira!... oh! senhorinha!... eu tinha precisão de ir hoje no campo buscar umas linhas que encomendei para meus anzóis, e não fui, porque esta minha gentinha de casa me disse que hoje era sexta-feira... e esta!... e hoje, com esta chuva, era dia de pegar muito peixe... Oh! senhorinha!... gritou o velho com mais força.

A este grito apareceu, saindo de um casebre vizinho, uma menina de oito a dez anos, fusca e bronzeada, quase nua, bocejando e esfregando os olhos; mas que mostrava ser uma criaturinha esperta e viva como uma capivara.

— Então, senhorinha, como é que tu vais-me dizer que hoje era sexta-feira?... ah! cachorrinha! deixa-te estar, que amanhã tu me pagas... então hoje que dia é?...

— Eu também não sei, papai, foi a mamãe que me mandou que falasse que hoje era sexta...

— É o que tua mãe sabe-te ensinar; é a mentir!... deixa, que vocês outra vez não me enganam mais. Sai daqui: vai-te embora dormir, velhaquinha!

Depois que a menina, assim enxotada, se retirou, lançando um olhar cobiçoso sobre umas espigas de milho verde que os caboclos estavam a assar, o velho continuou:

— Veja o que são artes de mulher! a minha velha é muito ciumenta, e inventa todos os modos de não me deixar um passo fora daqui. Agora não me resta um só anzol com linha, o último lá se foi esta noite na boca de um dourado; e, por culpa dessa gente, não tenho maneiras de ir matar um peixe para meu amo almoçar amanhã!...

— Não te dê esse cuidado, Cirino; mas conta-me que te importava que hoje fosse sexta ou sábado, para ires ao campo buscar as tuas linhas?...

— O quê!... meu amo? eu atravessar o caminho dessa mata em dia de sexta-feira?!... é mais fácil eu descer esse rio abaixo em uma canoa sem remo!... não era à toa que eu estava perguntando se não lhe aconteceu nada no caminho.

— Mas o que há nesse caminho?... conta-me, eu não vi nada.

— E nem podia ver: o que lhe valeu foi não ser hoje sexta-feira, senão havia de ver como eu vi...

— Mas ver o que, Cirino?

— Vm. não viu, daqui a obra de três quartos de légua, à mão direita de quem vem, um meio claro na beirada do caminho, e uma cova meio aberta com uma cruz de pau?

— Não reparei; mas sei que há por aí uma sepultura de que se contam muitas histórias.

— Pois muito bem! aí nessa cova é que foi enterrado o defunto Joaquim Paulista. Mas é a alma dele só que mora aí: o corpo mesmo, esse anda espatifado aí por essas matas, que ninguém mais sabe dele.

— Ora valha-te Deus, Cirino! não te posso entender. Até aqui eu acreditava que, quando se morre, o corpo vai para a sepultura, e a alma para o céu, ou para o inferno, conforme as suas boas ou más obras. Mas, com o teu defunto, vejo agora, pela primeira vez, que se trocaram os papéis: a alma fica enterrada, e o corpo vai passear.

— Vm. não quer acreditar!... pois é coisa sabida aqui, em toda esta redondeza, que os ossos de Joaquim Paulista não estão dentro dessa cova, e que só vão lá nas sextas-feiras para assombrar os viventes; e desgraçado daquele que passar aí em noite de sexta-feira!...

— Que acontece?...

— Acontece o que já me aconteceu, como vou lhe contar.

II

Um dia, há de haver coisa de dez anos, eu tinha ido no campo, em casa de um meu compadre que mora daqui a três léguas.

Era uma sexta-feira, ainda me lembro, como se fosse hoje.

Quando montei no meu burro para vir-me embora, já o sol estava baixinho; quando cheguei na mata, já estava escuro; fazia um luar manhoso, que ainda atrapalhava mais a vista da gente.

Já eu ia entrando na mata, quando me lembrei que era sexta-feira. Meu coração deu uma pancada e a modo que estava me pedindo que não fosse para diante. Mas fiquei com vergonha de voltar. Pois um homem, já de idade como eu, que desde criança estou acostumado a varar por esses matos a toda hora do dia ou da noite, hei de agora ter medo? de quê?

Encomendei-me de todo o coração à Nossa Senhora da Abadia, tomei um bom trago na guampa que trazia sortida na garupa, joguei uma masca de fumo na boca, e toquei o burro para diante. Fui andando, mas sempre cismado; todas as histórias que eu tinha ouvido contar da cova de Joaquim Paulista estavam-se-me representando na ideia; e ainda, por meus pecados, o diabo do burro não sei o que tinha nas tripas, que estava a refugar e a passarinhar numa toada.

Mas, a poder de esporas, sempre vim varando. À proporção que ia chegando perto do lugar onde está a sepultura, meu coração ia ficando pequenino. Tomei mais um trago, rezei o Creio em Deus Padre, e toquei para diante. No momento mesmo em que eu ia passar pela sepultura, que eu queria passar de galope e voando se fosse possível, aí é que o diabo do burro dos meus pecados empaca de uma vez, que não houve força de esporas que o fizesse mover.

Eu já estava decidido a me apear, largar no meio do caminho burro com sela e tudo, e correr para casa; mas não tive tempo. O que eu vi, talvez Vm. não acredite; mas eu vi, como estou vendo este fogo: vi com estes olhos, que a terra há de comer, como comeu os do pobre Joaquim Paulista... mas os dele nem foi a terra que comeu, coitado! foram os urubus, e os bichos do mato. Dessa feita acabei de acreditar que ninguém morre de medo; se morresse, eu lá estaria até hoje fazendo companhia ao Joaquim Paulista. Cruz!... Ave Maria!...

Aqui o velho fincou os cotovelos nos joelhos, escondeu a cabeça entre as mãos e pareceu-me que resmungou uma Ave-Maria. Depois acendeu o cachimbo, e continuou:

— Vm., se reparasse, havia de ver que aí o mato faz uma pequena aberta da banda, em que está a sepultura do Joaquim Paulista.

A lua batia de chapa na areia branca do meio da estrada. Enquanto eu estou esporeando com toda a força a barriga do burro, salta lá, no meio do caminho, uma cambada de ossinhos brancos, pulando, esbarrando uns nos outros, e estalando numa toada certa, como gente que está dançando ao toque de viola. Depois, de todos os lados, vieram vindo outros ossos maiores, saltando e dançando da mesma maneira.

Por fim de contas, veio vindo lá, de dentro da sepultura, uma caveira branca como papel, e com os olhos de fogo; e dando pulos como sapo, foi-se chegando para o meio da roda. Daí começaram aqueles ossos todos a dançar em roda da caveira, que estava quieta no meio, dando de vez em quando pulos no ar, e caindo no mesmo lugar, enquanto os ossos giravam num corrupio, estalando uns nos outros, como fogo da queimada, quando pega forte num sapezal.

Eu bem queria fugir, mas não podia; meu corpo estava como estátua, meus olhos estavam pregados naquela dança dos ossos, como sapo quando enxerga cobra; meu cabelo, enroscado como Vm. está vendo, ficou em pé como espetos.

Daí a pouco, os ossinhos mais miúdos, dançando, dançando

sempre e batendo uns nos outros, foram-se ajuntando e formando dois pés de defunto.

Esses pés não ficam quietos, não; e começam a sapatear com os outros ossos, numa roda-viva. Agora são os ossos das canelas que lá vêm saltando atrás dos pés, e de um pulo, trás!... se encaixam em cima dos pés. Daí a um nada vêm os ossos das coxas, dançando em roda das canelas, até que, também de um pulo, foram-se encaixar direitinho nas juntas dos joelhos. Toca agora as duas pernas que já estão prontas a dançar com os outros ossos.

Os ossos dos quadris, as costelas, os braços, todos esses ossos que ainda agora saltavam espalhados no caminho, a dançar, a dançar, foram pouco a pouco se ajuntando e embutindo uns nos outros, até que o esqueleto se apresentou inteiro, faltando só a cabeça. Pensei que nada mais teria que ver; mas ainda me faltava o mais feio. O esqueleto pega na caveira e começa a fazê-la rolar pela estrada, e a fazer mil artes e piruetas; depois entra a jogar peteca com ela, e a atirá-la pelos ares mais alto, mais alto, até o ponto de fazê-la sumir-se lá pelas nuvens; a caveira gemia zunindo pelos ares, e vinha estalar nos ossos da mão do esqueleto, como uma espoleta que rebenta. Afinal o esqueleto escanchou as pernas e os braços, tomando toda a largura do caminho, e esperou a cabeça, que veio cair direito no meio dos ombros, como uma cabaça oca que se rebenta em uma pedra, e olhando para mim com os olhos de fogo!...

Ah! meu amo!... eu não sei o que era feito de mim!... eu estava sem fôlego, com a boca aberta, querendo gritar e sem poder, com os cabelos espetados; meu coração não batia, meus olhos não pestanejavam. O meu burro mesmo estava a tremer e encolhia-se todo, como quem queria sumir-se debaixo da terra. Oh! se eu pudesse fugir naquela hora, eu fugia ainda que tivesse de entrar pela goela de uma sucuri adentro.

Mas ainda não contei tudo. O maldito esqueleto do inferno —

Deus me perdoe! — não tendo mais nem um ossinho com quem dançar, assentou de divertir-se comigo, que ali estava sem pingo de sangue, e mais morto do que vivo, e começa a dançar defronte de mim, como essas figurinhas de papelão que as crianças, com uma cordinha, fazem dar de mãos e pernas; vai-se chegando cada vez mais para perto, dá três voltas em roda de mim, dançando e estalando as ossadas, e por fim de contas, de um pulo, encaixa-se na minha garupa...

Eu não vi mais nada depois; fiquei atordoado. Pareceu-me que o burro saiu comigo e com o maldito fantasma, zunindo pelos ares, e nos arrebatava por cima das mais altas árvores.

Valha-me Nossa Senhora da Abadia e todos os santos da corte celeste! gritava eu dentro do coração, porque a boca essa nem podia piar. Era à toa; desacorçoei, e pensando que ia por esses ares nas unhas de Satanás, esperava a cada instante ir estourar nos infernos. Meus olhos se cobriram de uma nuvem de fogo, minha cabeça começou a andar à roda, e não sei mais o que foi feito de mim.

Quando dei acordo de mim, foi no outro dia, na minha cama, a sol alto.

Quando a minha velha, de manhã cedo, foi abrir a porta, me encontrou no terreiro, estendido no chão, desacordado, e o burro selado perto de mim.

A porteira da manga estava fechada; como é que esse burro pôde entrar comigo para dentro é que não sei. Portanto ninguém me tira da cabeça que o burro veio comigo pelos ares.

Acordei com o corpo todo moído, e com os miolos pesando como se fossem de chumbo, e sempre com aquele maldito estalar de ossos nos ouvidos, que me perseguiu por mais de um mês.

Mandei dizer duas missas pela alma de Joaquim Paulista, e jurei que nunca mais havia de pôr meus pés fora de casa em dia de sexta-feira.

III

O velho barqueiro contava esta tremenda história de modo mais tosco, porém muito mais vivo do que eu acabo de escrevê-la, e acompanhava a narração de uma gesticulação selvática e expressiva e de sons imitativos que não podem ser representados por sinais escritos. A hora avançada, o silêncio e a solidão daqueles sítios, teatro desses assombrosos acontecimentos, contribuíam também grandemente para torná-los quase visíveis e palpáveis. Os caboclos, de boca aberta, o escutavam com olhos e ouvidos transidos de pavor, e de vez em quando, estremecendo, olhavam em derredor pela mata, como que receando ver surgir o temível esqueleto a empolgar e levar pelos ares alguns deles.

— Com efeito, Cirino! disse-lhe eu, foste vítima da mais pavorosa assombração de que há exemplo, desde que andam por este mundo as almas do outro. Mas quem sabe se não foi a força do medo que te fez ver tudo isso? Além disso, tinhas ido muitas vezes à guampa, e talvez ficasses com a vista turva e a cabeça um tanto desarranjada...

— Mas, meu amo, não era a primeira vez que eu tomava o meu gole, nem que andava de noite por esses matos, e como é que nunca vi osso de gente dançando no meio do caminho?...

— Os teus miolos é que estavam dançando, Cirino; disso estou eu certo. Tua imaginação, exaltada a um tempo pelo medo e pelos repetidos beijos que davas na tua guampa, é que te fez ir voando pelos ares nas garras de Satanás. Escuta; vou-te explicar como tudo isso te aconteceu muito naturalmente. Como tu mesmo disseste, entraste na mata com bastante medo e, portanto, disposto a transformar em coisas do outro mundo tudo quanto confusamente vias no meio de uma floresta frouxamente alumiada por um luar escasso. Acontece ainda para teu mal que, no momento mais crítico, quando ias passando pela sepultura, empaca-te o maldito burro. Faço ideia de como ficaria essa pobre alma, e até me admiro de que não visses coisas piores!

— Mas então que diabo eram aqueles ossos a dançarem, dançarem tão certo, como se fosse a toque de música, e aquele esqueleto branco, que me trepou na garupa, e me levou por esses ares?

— Eu te digo. Os ossinhos que dançavam não eram mais do que os raios da lua, que vinham, peneirados por entre os ramos dos arvoredos balançados pela viração, brincar e dançar na areia branca do caminho. Os estalos, que ouvias, eram sem dúvida de alguns porcos-do-mato, ou outro qualquer bicho, que andavam ali por perto a quebrar nos dentes cocos de baguaçu, o que, como bem sabes, faz uma estralada dos diabos.

— E a caveira, meu amo?... decerto era alguma cabaça velha que um rato-do-campo vinha rolando pela estrada...

— Não era preciso tanto; uma grande folha seca, uma pedra, um toco, tudo te podia parecer uma caveira naquela ocasião.

Tudo isto te fez andar à roda a cabeça azoinada, e o mais tudo que viste foi obra de tua imaginação e de teus sentidos perturbados. Depois, qualquer coisa, talvez um maribondo que o picou...

— Maribondo de noite!... ora, meu amo!... exclamou o velho com uma gargalhada.

— Pois bem!... fosse o que fosse; qualquer outra coisa ou capricho de burro, o certo é que o teu macho saiu contigo aos corcovos; ainda que atordoado, o instinto da conservação fez com que te agarrasses bem à sela, e tiveste a felicidade de vir dar contigo em terra mesmo à porta de tua casa, e eis aí tudo.

O velho barqueiro ria-se com a melhor vontade, zombando de minhas explicações.

— Qual, meu amo, disse ele, réstia de luar não tem parecença nenhuma com osso de defunto, e bicho do mato, de noite, está dormindo na toca, e não anda roendo coco.

E pode Vm. ficar certo de que, quando eu tomo um gole, aí é que minha vista fica mais limpa e o ouvido mais afiado.

— É verdade, e, a tal ponto, que até chegas a ver e ouvir o que não existe.

— Meu amo tem razão; eu também, quando era moço, não acreditava em nada disso por mais que me jurassem. Foi-me preciso ver para crer; e Deus o livre a Vm. de ver o que eu já vi.

— Eu já vi, Cirino; já vi, mas nem assim acreditei.

— Como assim, meu amo?...

— É que nesses casos eu não acredito nem nos meus próprios olhos, senão depois de estar bem convencido, por todos os modos, de que eles não enganam.

Eu te conto um caso que me aconteceu.

Eu ia viajando sozinho — por onde não importa — de noite, por um caminho estreito, em um cerradão fechado, e vejo ir, andando a alguma distância diante de mim, qualquer coisa, que na escuridão não pude distinguir. Aperto um pouco o passo para reconhecer o que era, e vi clara e perfeitamente dois pretos carregando um defunto dentro de uma rede.

Bem poderia ser também qualquer criatura viva, que estivesse doente ou mesmo em perfeita saúde; mas, nessas ocasiões, a imaginação, não sei por que, não nos representa senão defuntos. Uma aparição daquelas, em lugar tão ermo e longe de povoação, não deixou de me causar terror.

Contudo o caso não era extraordinário; carregar um cadáver em rede, para ir sepultá-lo em algum cemitério mais vizinho, é coisa que se vê muito nestes sertões, ainda que àquelas horas o negócio não deixasse de se tornar bastante suspeito.

Piquei o cavalo para passar adiante daquela sinistra visão que me estava incomodando o espírito, mas os condutores da rede também apressaram o passo, e se conservavam sempre na mesma distância.

Pus o cavalo a trote; os pretos começaram também a correr com a rede. O negócio ia-se tornando mais feio. Retardei o passo para deixá-los adiantarem-se: também foram indo mais devagar. Parei; também pararam. De novo marchei para eles; também se puseram a caminho.

Assim andei por mais de meia hora, cada vez mais aterrado, tendo sempre diante dos olhos aquela sinistra aparição que parecia apostada em não me querer deixar, até que, exasperado, gritei-lhes que me deixassem passar ou ficar atrás, que eu não estava disposto a fazer-lhes companhia. Nada de resposta!... o meu terror subiu de ponto, e confesso que estive por um nada a dar de rédea para trás a bom fugir.

Mas negócios urgentes me chamavam para diante: revesti-me de um pouco de coragem que ainda me restava, cravei as esporas no cavalo, e investi para o sinistro vulto a todo galope. Em poucos instantes o alcancei de perto e vi... adivinhem o que era?... nem que deem volta ao miolo um ano inteiro, não são capazes de atinar com o que era. Pois era uma vaca!

— Uma vaca!... como!...

— Sim, senhores, uma vaca malhada, que tinha a barriga toda branca — era a rede, — e os quartos traseiros e dianteiros inteiramente pretos; eram os dois negros que a carregavam. Pilhada por mim naquele caminho estreito, sem poder desviar nem para uma banda nem para outra, porque o mato era um cerradão inteiramente tapado, o pobre animal ia fugindo diante de mim; se eu parava, também parava, porque não tinha necessidade de viajar; se eu apertava o passo, lá ia ela também para diante, fugindo de mim. Entretanto se eu não fosse reconhecer de perto o que era aquilo, ainda hoje havia de jurar que tinha visto naquela noite dois pretos carregando um defunto em uma rede, tão completa era a ilusão. E depois, se quisesse indagar mais do negócio, como era natural, sabendo que nenhum cadáver se tinha enterrado em toda aquela redondeza, havia de ficar acreditando de duas uma: ou que aquilo era coisa do outro mundo, ou, o que era mais natural, que algum assassinato horrível e misterioso tinha sido cometido por aquelas criaturas.

A minha história nem de leve abalou as crenças do velho barqueiro que abanou a cabeça, e disse-me, chasqueando:

— A sua história está muito bonita; mas, perdoe que lhe

diga, eu, por mais escura que estivesse a noite e por mais que eu tivesse entrado no gole, não podia ver uma rede onde havia uma vaca; só pelo faro eu conhecia. Meu amo decerto tinha poeira nos olhos.

Mas vamos que Vm., quando investiu para os vultos, em vez de esbarrar com uma vaca, topasse mesmo uma rede carregando um defunto, que este defunto saltando fora da rede lhe pulasse na garupa e o levasse pelos ares com cavalo e tudo, de modo que Vm. não desse acordo de si, senão no outro dia em sua casa e sem saber como?... havia de pensar, ainda, que eram abusões?

— Esse não era o meu medo; o que eu temia, era que aqueles negros acabassem ali comigo, e, em vez de um, carregassem na mesma rede dois defuntos para a mesma cova!

O que dizes era impossível.

— Impossível!... e como é que me aconteceu?... Se não fosse tão tarde, para Vm. acabar de crer, eu lhe contava por que motivo a sepultura de Joaquim Paulista ficou sendo assim mal-assombrada. Mas meu amo viajou; há de estar cansado da jornada e com sono.

— Qual sono!... conta-me; vamos a isso.

— Pois vá escutando.

IV

O tal Joaquim Paulista era um cabo do destacamento que naquele tempo havia aqui no porto. Era bom rapaz e ninguém tinha queixa dele.

Havia aqui, também, por esse tempo, uma rapariga, por nome Carolina, que era o desassossego de toda a rapaziada.

Era uma caboclinha escura, mas bonita e sacudida como ela aqui ainda não pisou outra; com uma viola na mão, a rapariga tocava e cantava que dava gosto; quando saía para o meio de uma sala, tudo ficava de queixo caído; a rapariga sabia fazer requebrados e sapateados, que era um feitiço. Em casa dela, que era um ranchinho ali da outra banda, eram súcias todos os dias; e também todos os dias havia soldado de castigo por amor de barulhos e desordens.

Joaquim Paulista tinha uma paixão louca pela Carolina; mas ela andava de amizade com um outro camarada, de nome Timóteo, que a tinha trazido de Goiás, e que a queria muito bem. Vai um dia, não sei que diabo de dúvida tiveram os dois, que a Carolina se desapartou do Timóteo e fugiu para a casa de uma amiga, aqui no campo. Joaquim Paulista, que há muito tempo bebia os ares por ela, achou que a ocasião era boa, e tais artes armou, tais agrados fez à rapariga, que tomou conta dela. Ah! pobre rapaz!... se ele adivinhasse, nem nunca teria olhado para aquela rapariga. O Timóteo, quando soube do caso, urrou de raiva e de ciúme; ele estava esperando que, passados os primeiros arrufos da briga, ela o viria procurar, se ele não fosse buscá-la, como já de outras vezes tinha acontecido. Mas desta vez tinha-se enganado.

A rapariga estava por tal sorte embeiçada com o Joaquim Paulista, que de modo nenhum quis mais saber do outro, por mais que ele rogasse, teimasse, chorasse e ameaçasse mesmo de matar uma ou outro. O Timóteo desenganou-se, mas ficou calado e guardou seu ódio no coração.

Estava esperando uma ocasião.

Assim passaram-se meses, sem que houvesse novidade. O Timóteo vivia em muito boa paz com o Joaquim Paulista, que, tendo muito bom coração, nem de leve cismava que seu camarada lhe guardasse ódio.

Um dia, porém, Joaquim Paulista teve ordem do comandante do destacamento para marchar para a cidade de Goiás. Carolina, que era capaz de dar a vida por ele, jurou que havia de acompanhá-lo. O Timóteo danou. Viu que não era possível guardar para mais tarde o cumprimento da sua tenção danada, jurou que ele havia de acabar desgraçado, mas que Joaquim Paulista e Carolina não haviam de ir viver sossegados longe dele, e assim combinou, com outro camarada, tão bom ou pior do que ele, para dar cabo do pobre rapaz.

Nas vésperas da partida, os dois convidaram ao Joaquim para irem ao mato caçar. Joaquim Paulista, que não maliciava nada, aceitou o convite, e no outro dia, de manhã, saíram os três a caçar pelo mato. Só voltaram no outro dia de manhã, mas dois somente; Joaquim Paulista, esse tinha ficado, Deus sabe aonde.

Vieram contando, com lágrimas nos olhos, que uma cascavel tinha mordido Joaquim Paulista em duas partes, e que o pobre rapaz, sem que eles pudessem valer-lhe, em poucas horas tinha expirado no meio do mato; que não podendo carregar o corpo, porque era muito longe, e temendo que o não pudessem encontrar mais, e que os bichos o comessem, o tinham enterrado lá mesmo; e, para prova disso, mostravam a camisa do desgraçado, toda manchada de sangue preto e envenenado.

Mentira tudo!... O caso foi esse, como depois se soube.

Quando os dois malvados já estavam bem longe por essa mata abaixo, deitaram a mão no Joaquim Paulista, o agarraram, e amarraram em uma árvore. Enquanto estavam nesta lida, o coitado do rapaz, que não podia resistir àqueles dois ursos, pedia por quantos santos há que não judiassem com ele que não sabia que mal tinha feito a seus camaradas, que se era por causa da Carolina, ele jurava nunca mais pôr os olhos nela, e iria embora para Goiás, sem ao menos dizer-lhe adeus. Era à toa. Os dois malvados nem ao menos lhe davam resposta.

O camarada de Timóteo era mandingueiro e curado de cobra, pegava aí na mais grossa jararacuçu ou cascavel, as enrolava no braço, no pescoço, metia a cabeça delas dentro da boca, brincava e judiava com elas de toda maneira, sem que lhe fizessem mal algum. Na hora que ele enxergava uma cobra, bastava pregar os olhos nela, a cobra não se mexia do lugar. Em cima de tudo, o diabo do soldado sabia um assovio com que chamava cobra, quando queria.

A hora que ele dava esse assovio, se havia por ali perto alguma cobra, havia de aparecer por força. Dizem que ele tinha parte com o diabo, e todo mundo tinha medo dele como do próprio capeta.

Depois que amarraram bem amarrado o pobre Joaquim Paulista, o camarada do Timóteo desceu pelas furnas de uns grotões abaixo, e andou por lá muito tempo, assoviando o tal assovio que ele conhecia. O Timóteo ficou de sentinela ao Joaquim Paulista, que estava caladinho, coitado! encomendando sua alma a Deus. Quando o soldado voltou, trazia em cada uma das mãos, apertada pela garganta, uma cascavel mais grossa do que esta minha perna. Os bichos desesperados batiam e se enrolavam pelo corpo do soldado, que nessa hora devia estar medonho que nem o diabo.

Então o Joaquim Paulista compreendeu que qualidade de morte lhe iam dar aqueles dois desalmados. Pediu, rogou, mas debalde, que, se queriam matá-lo, pregassem-lhe uma bala na cabeça, ou enterrassem-lhe uma faca no coração por piedade, mas não o fizessem morrer de um modo tão cruel.

— Isso querias tu, disse o soldado, para nós irmos parar à forca! nada! estas duas meninas é que hão de carregar com a culpa de tua morte; para isso é que fui buscá-las; nós não somos carrascos.

— Joaquim, disse o Timóteo, faze teu ato de contrição e deixa-te de histórias.

— Não tenhas medo, rapaz!... continua o outro. Estas meninas são muito boazinhas; olha como elas estão me abraçando!... Faze de conta que são os dois braços da Carolina, que vão te apertar num gostoso abraço...

Aqui o Joaquim põe-se a gritar com quanta força tinha, a ver se alguém, acaso, podia ouvi-lo e acudir-lhe. Mas, sem perder tempo, o Timóteo pega num lenço e atocha-lhe na boca; mais que depressa o outro atira-lhe por cima os dois bichos, que no mesmo instante o picaram por todo o corpo. Imediatamente mataram as duas cobras, antes que fugissem. Não levou muito tempo, o pobre rapaz estrebuchava, dando gemidos de cortar o coração, e deitava sangue pelo nariz, pelos ouvidos e por todo o corpo.

Quando viram que o Joaquim já quase não podia falar, nem mover-se, e que não tardava a dar o último suspiro, desamarraram-no, tiraram-lhe a camisa, e o deixaram aí perto das duas cobras mortas.

Saíram e andaram todo dia, dando voltas pelo campo.

Quando foi anoitecendo, embocaram pela estrada da mata, e vieram descendo para o porto. Teriam andado obra de uma légua, quando enxergaram um vulto, que ia andando adiante deles, devagarinho, encostado num pau e gemendo.

— É ele, disse um deles espantado; não pode ser outro.

— Ele!... é impossível... só por um milagre.

— Pois eu juro em como não é outro, e nesse caso toca a dar cabo dele já.

— Que dúvida!

Nisto adiantaram-se e alcançaram o vulto.

Era o próprio Joaquim Paulista!

Sem mais demora socaram-lhe a faca no coração, e deram-lhe cabo da vida.

— Agora como há de ser? diz um deles, não há remédio senão fugir, senão, estamos perdidos...

— Qual fugir! o comandante talvez não cisme nada; e no caso que haja alguma coisa, estas cadeiazinhas desta terra são nada pra mim... Portanto vai tu escondido, lá embaixo no porto, e traz uma enxada; enterremos o corpo aí no mato; e depois diremos que morreu picado de cobra.

Isto dizia o Timóteo, que, com o sentido na Carolina, não queria perder o fruto do sangue que derramou.

Com efeito assim fizeram; levaram toda a noite a abrir a sepultura para o corpo, no meio do mato, de uma banda do caminho que, nesse tempo, não era por aí, passava mais arredado. Por isso não chegaram, senão no outro dia de manhã.

— Mas, Cirino, como é que o Joaquim pôde escapar das mordeduras das cobras, e como se veio a saber de tudo isso?...

— Eu já lhe conto, disse o velho.

E depois de fazer uma pausa para acender o cachimbo, continuou:

— Deus não queria que o crime daqueles amaldiçoados ficasse escondido. Quando os dois soldados deixaram por morto o Joaquim Paulista, andava por aquelas alturas um caboclo velho, cortando palmitos. Aconteceu que, passando por aí não muito longe, ouviu voz de gente, e veio vindo com cautela a ver o que era; quando chegou a descobrir o que se estava passando, frio e tremendo de susto, o pobre velho ficou espiando de longe, bem escondido numa moita, e viu tudo, desde a hora em que o soldado veio da furna com as cobras na mão. Se aqueles malditos o tivessem visto ali, tinham dado cabo dele também.

Quando os dois se foram embora, então o caboclo, com muito cuidado, saiu da moita, e veio ver o pobre rapaz, que estava morre não morre!... O velho era mezinheiro muito mestre, e benzedor, que tinha fama em toda redondeza.

Depois que olhou bem o rapaz, que já com a língua perra não podia falar, e já estava cego, andou catando pelo mato umas folhas que ele lá conhecia, mascou-as bem, cuspiu a saliva nas feridas do rapaz, e depois benzeu bem benzidas elas todas, uma por uma.

Quando foi daí a uma hora, já o rapaz estava mais aliviado, e foi ficando cada vez a melhor, até que, enfim, pôde ficar em pé, já enxergando alguma coisa.

Quando foi podendo andar um pouco, o caboclo cortou um pau, botou na mão dele, e veio com ele, muito devagar, ajudando-o a caminhar até que, a muito custo, chegaram na estrada.

Aí o velho disse:

— Agora você está na estrada, pode ir indo sozinho com seu vagar, que daqui a nada você está em casa.

Amanhã, querendo Deus, eu lá vou vê-lo outra vez. Adeus, camarada; Nossa Senhora te acompanhe.

O bom velho mal pensava, que, fazendo aquela obra de caridade, ia entregar outra vez à morte aquele infeliz a quem acabava de dar a vida. Um quarto de hora mais que se demorasse, Joaquim Paulista estava escapo. Mas o que tinha de acontecer estava escrito lá em cima.

Não bastava ao coitado do Joaquim Paulista ter sido tão infeliz em vida, a infelicidade o perseguiu até depois de morto.

O comandante do destacamento, que não era nenhum samora, desconfiou do caso. Mandou prender os dois soldados, e deu parte na vila ao juiz, que daí a dois dias veio com o escrivão para mandar desenterrar o corpo. Vamos agora saber onde é que ele estava enterrado. Os dois soldados, que eram os únicos que podiam saber, andavam guiando a gente para uns rumos muito diferentes, e como nada se achava, fingiam que tinham perdido o lugar.

Bateu-se mato um dia inteiro sem se achar nada.

Afinal de contas os urubus é que vieram mostrar onde estava a sepultura. Os dois soldados tinham enterrado mal o corpo. Os urubus pressentiram o fétido da carniça e vieram-se ajuntar nas árvores em redor. Desenterrou-se o corpo, e via-se então uma grande facada no peito, do lado esquerdo. O corpo já estava apodrecendo e com muito mau cheiro. Os que o foram enterrar de novo, aflitos por se verem livres daquela fedentina, mal apenas jogaram à pressa alguns punhados de terra na cova, e deixaram o corpo ainda mais mal enterrado do que estava.

Vieram depois os porcos, os tatus, e outros bichos, cavoucaram a cova, espatifaram o cadáver, e andaram espalhando os ossos do defunto aí por toda essa mata.

Só a cabeça é que dizem que ficou na sepultura.

Uma alma caridosa, que um dia encontrou um braço do defunto no meio da estrada, levou-o para a sepultura, encheu a cova de terra, socou bem, e fincou aí uma cruz. Foi tempo perdido; no outro dia a cova estava aberta tal qual como estava dantes. Ainda outras pessoas depois teimavam em ajuntar os ossos e enterrá-los bem. Mas no outro dia a cova estava aberta, assim como até hoje está.

Diz o povo que enquanto não se ajuntar na sepultura até o último ossinho do corpo de Joaquim Paulista, essa cova não se fecha. Se é assim, já se sabe que tem de ficar aberta para sempre. Quem é que há de achar esses ossos que, levados pelas enxurradas, já lá foram talvez rodando por esse Parnaíba abaixo?

Outros diziam que, enquanto os matadores de Joaquim Paulista estivessem vivos neste mundo, a sua sepultura havia de andar sempre aberta, nunca os seus ossos teriam sossego, e haviam de andar sempre assombrando os viventes cá neste mundo.

Mas esses dois malvados já há muito tempo foram dar contas ao diabo do que andavam fazendo por este mundo, e a coisa continua na mesma.

O antigo camarada da Carolina, esse morreu no caminho de Goiás; a escolta que o levava, para cumprir sentença de galés por toda a vida, com medo que ele fugisse, pois o rapaz tinha artes do diabo, assentou de acabar com ele; depois contaram uma história de resistência, e não tiveram nada.

O outro, que era curado de cobra, tinha fugido; mas como ganhava a vida brincando com cobras e matava gente com elas, veio também a morrer na boca de uma delas.

Um dia em que estava brincando com um grande urutu preto, à vista de muita gente que estava a olhar de queixo caído, a bicha perdeu-lhe o respeito, e em tal parte e em tão má hora lhe deu um bote, que o maldito caiu logo estrebuchando, e em poucos instantes deu a alma ao diabo. Deus me perdoe, mas aquela fera não podia ir para o céu. O povo não quis por maneira nenhuma que ele fosse enterrado no sagrado, e mandou atirar o corpo no campo para os urubus.

Enfim eu fui à vila pedir ao vigário velho, que era o defunto padre Carmelo, para vir benzer a sepultura de Joaquim Paulista, e tirar dela essa assombração que aterra todo este povo. Mas o vigário disse que isso não valia de nada; que enquanto não se dissessem pela alma do defunto tantas missas quantos ossos tinha ele no corpo, contando dedos, unhas, dentes e tudo, nem os ossos teriam sossego, nem a assombração acabaria, nem a cova se havia de fechar nunca.

Mas se os povos quisessem, e aprontassem as esmolas, que ele dizia as missas, e tudo ficaria acabado. Agora quem há de contar quantos ossos a gente tem no corpo, e quando é que esses moradores, que são todos pobres como eu, hão de aprontar dinheiro para dizer tanta missa?

Mas portanto já se vê, meu amo, que o que lhe contei não é nenhuma abusão; é coisa certa e sabida em toda esta redondeza. Todo esse povo aí está que não me há de deixar ficar mentiroso.

À vista de tão valentes provas, dei pleno crédito a tudo quanto o barqueiro me contou, e espero que os meus leitores acreditarão comigo, piamente, que o velho barqueiro do Parnaíba, uma bela noite, andou pelos ares montado em um burro, com um esqueleto na garupa.

Um contador de "causos"

Ossos que dançam como que ao som de uma viola. Burro que voa pelos ares. Feitiços, curas, artes demoníacas... Nas histórias do volume *Lendas e romances*, publicado em 1871 por Bernardo Guimarães, o gosto pelo fantástico é tão acentuado quanto nas narrativas de Álvares de Azevedo, de quem ele foi colega na Faculdade de Direito e companheiro de boêmia em São Paulo. O ambiente não é o de uma taverna, mas aqui também tudo se passa à noite — o caso e sua narração. À beira do fogo, na silenciosa noite sertaneja, ouvimos o barqueiro Cirino relatar a sua "tremenda história". Mais uma vez, temos um narrador que conta e outro que reconta.

A natureza e a cultura popular foram as principais fontes de inspiração de Bernardo Guimarães. Em sua juventude, ele descrevia a paisagem com versos cheios de emoção e plasticidade. E marcas da tradição folclórica também estão presentes em sua produção poética de caráter grotesco e humorístico (o gênero bestialógico no qual foi mestre). Aos poucos, o poeta foi cedendo espaço para o ficcionista, e o satanismo da mocidade deu lugar ao sertanismo, do qual Bernardo foi o fundador no Brasil. Seu primeiro livro de ficção, *O ermitão do Muquém*, veio a público batizado como "romance realista e de costumes" — classificação que se estende a outros livros, como *O garimpeiro* e *O seminarista*, que formam o conjunto mais característico da sua obra, todos ambientados na região do Planalto Central, entre o Oeste de Minas e o Sul de Goiás.

Para esse viajante incansável, que tinha paixão pelo documento, "a pintura exata, viva e bem traçada dos lugares deve constituir um dos mais importantes empenhos do romancista brasileiro". Após o desgaste do indianismo, o romance regionalista representou o segundo esforço do nacionalismo romântico no sentido de encontrar o Brasil puro, verdadeiro, original, e de conquistar uma literatura autônoma, livre das influências europeias. Ao sertanejo — homem do interior — foi transferido o dom de exprimir o país.

O caráter nacional das narrativas de Bernardo Guimarães e o tom brasileiro de sua linguagem foram logo reconhecidos pela crítica. Mas também foram apontados vários defeitos em suas obras, como a falsa naturalidade e o excesso de fantasia. As fontes sertanejas — os "causos" da narrativa oral — ganham o acréscimo de uma boa dose de idealização. É a "roça adjetivada" de que falou Monteiro Lobato, expressa num estilo frouxo, com banalidades, repetições e extrema simplicidade na construção dos enredos e dos personagens. Essas deficiências saltam à vista no seu livro mais popular, *A escrava Isaura*, que é antes lenda do que romance, conforme observou o crítico Antonio Candido. Menos do que um romancista, Bernardo teria sido um contador de casos.

Dos narradores orais, o autor de "A dança dos ossos" copia o estilo pitoresco e a matéria inverossímil. Entre os caboclos, as histórias de alma penada despertam não apenas o assombro, mas também a desconfiança e o riso dos ouvintes. A eles se junta o narrador do conto, descrevendo como bons e quase selvagens esses indivíduos cheios de crenças e pavores, "de origem dúbia entre o indígena e o africano". O homem culto da cidade — que é tratado por *meu amo* — não se mistura de fato com os caboclos. Seu realismo contrasta com a inclinação do sertanejo para o sobrenatural. E a linguagem que utiliza não se aproxima da fala do barqueiro, que se exprimia "de modo mais tosco, porém muito mais vivo".

Por que, então, ele finge acreditar nas "provas" do velho caboclo? Em seu favor, Cirino invoca o prestígio da verdade consagrada pelo folclore: "Todo esse povo aí está que não me há de deixar ficar mentiroso". É ambígua, portanto, a perspectiva do narrador. Ao mesmo tempo que debocha das superstições, ele simpatiza com o pensamento pré-lógico que constrói o sertão mítico. O que mais o fascina, na verdade, é o sabor do conto popular. Reafirmando a autoridade do "causo", cuja estrutura é bem mais simples e improvisada que a do romance, Bernardo Guimarães talvez procurasse justificar falhas e incoerências de sua própria obra. Como os leitores de sua época não se mostravam mais exigentes que os ouvintes da literatura oral, era natural que suas histórias respeitassem os limites daquela "prosa da roça".

João Franklin da Silveira Távora nasceu em 1842, no interior do Ceará, e ainda criança passou a viver em Pernambuco. Estudou Direito e exerceu cargos políticos em Recife. Depois mudou-se para o Rio de Janeiro, onde morreu na pobreza em 1888. Publicou doze obras como romancista, dramaturgo, historiador e crítico literário. A partir de 1870, iniciou uma campanha em favor do regionalismo. Em sua defesa da "literatura do Norte", travou intensa polêmica com o também cearense José de Alencar, o maior nome do romance nacional.

Principais obras: *Um casamento no arrabalde* (1869); *Cartas a Cincinato* (1870); *O cabeleira* (1876); *O matuto* (1878); *Lourenço* (1881).

Um casamento no arrabalde

História do tempo em estilo de casa

Franklin Távora

Vou contar uma história para quem não tiver que fazer.

A falar a verdade, foi uma história acontecida, e não inventada; falta-lhe por isto certo tom de imaginativa, que prenda pelos entrechos. Aqui mesmo não há entrecho algum, só sim que é tudo verdadeiro, isto afirmo eu, palavra de honra, ao piedoso leitor que ainda tiver curiosidade de saber coisas de casamento.

E contudo haveria seu inconveniente em declarar os nomes dos personagens. Deve ter-se muito respeito às susceptibilidades. Nada. Não estou para graças. O caso é um pouco grave, e não me quero expor. Já faço muito em contar os fatos como eles se deram. Isto decerto não é pouco.

Que os ditos personagens são nacionais, e nossos contemporâneos, e mais alguma coisa, isto são eles. Mas em lugar dos nomes de batismo, demo-lhes outros, crismemo-los. Hão de acudir pelos novos nomes, porque são bem-educados, e conhecem a conveniência destas mudanças — mudanças somente na forma, porque, no tocante ao fundo, este é o mesmo. O fundo subsiste sempre.

Ao primeiro personagem de que devo tratar, chamarei D. Maria. É viúva de um bravo capitão do exército, tão bravo que se lhe poderia dar a denominação de herói; foi um tipo importante da rebelião praieira de 1848. Com D. Maria vivem sua filha solteira D. Belinha, beleza núbil de angelical simpleza, e mais quatro netinhas, crianças encantadoras, órfãs de sua filha mais velha, falecida prematuramente.

Em casa de D. Maria está hospedada a sua cunhada, D. Emília, com a filha solteira, D. Lucila.

O ponto onde estão, um arrabalde pacífico, silencioso, solitário e ainda pouco povoado, não obstante ficar junto do Recife. Para chegar aí quem vai da cidade, tem de caminhar alguns minutos na direção do ocidente, assim como quem vai para o sertão; mas o sertão fica muito longe, muito longe ainda, muitas léguas além. Vencida uma rua no sentido longitudinal, volta-se a esquina à direita, e dá-se na estrada, por onde a natureza palpita, pulula e viça, difundindo feitiços, esboçando painéis, sorrindo-se e esgarçando-se como visão fantástica de lendas orientais.

A visita à estrada deve fazer-se de dia, de verão, quando há bom tempo. Eis então o que há de ver o visitante. A luz inunda as pitorescas paisagens que formam o conjunto da estrada. Mangueiras, cajueiros, cercas de limoeiros iguais que protegem verdes laranjais matizados de brancas flores, madressilvas pendentes, manjericões em moitas, cinamomos isolados, risos-do-prado embastidos por cima dos portões dos sítios, alguns destes novos, alguns velhos, alguns antigos de muros e paredes caindo — espalham nesta abençoada zona tão branda e fragrante temperatura, formam aí tão belo aspecto de natureza intermédia entre o campo e a floresta, que aquele visitante há de comprazer-se em contemplar o panorama.

Tudo isto é de dia. Ora, ao anoitecer, a coisa já é outra. Os crepúsculos não são absolutamente tristes: são saudosos. Sente-se bem-estar em vê-los subir da estrada aos ares: Victor Hugo diz que há um erro em dizer que a noite desce; a noite sobe, vai debaixo para cima, diz ele. Que feliz disposição de espírito quando se passeia, ao crepúsculo da tarde, por estas veredas, por estes ternos retiros!

Lá nos fins da estrada aparece, a um lado, a modesta ermida, sob a invocação de Nossa Senhora da Conceição.

A estrada semelha um rio deslizando-se preguiçoso por entre margens sombrias, em que se levanta, a espaços, uma casa erma, perdida na espessura das opulentas folhagens. A grama, que borda os lados, e vai entrando, por junto dos pés das árvores, até bem dentro dos sítios, é o mais aveludado tapete, o mais macio e brando leito para a gente pousar, ou deitar-se quando se sentir cansado da tirada.

Perto da casa de D. Maria, vê-se uma casinha de três janelas fronteiras, e portão de madeira ao lado, com um pedaço de terreno aos fundos, cortado obliquamente em forma de latina. Reza uma tradição ter estado aí recolhido o desembargador Nunes Machado, algumas horas antes de cair morto de bala, a 2 de fevereiro de 1849, por ocasião do assalto dos *praieiros* à capital.

Atualmente (1869) quem mora na casa tradicional é um bacharel em direito, por nome Túlio, única providência da mãe e dos irmãos nesta terra, em que as providências, em geral, tudo esperam da divina providência. O bacharel, em conversa, diz que ainda lhe parece respirar aí os restos do patriotismo pernambucano que sucumbiu quase todo neste dia infausto. Creio que ele tem razão. Lacedemônia já não é Lacedemônia. Aos que não tiverem perdido inteiramente o sentir de Esparta, aos contemporâneos que pensarem ainda em melhorar as paixões e os costumes públicos, a estes o que resta é pedir ao passado memória gloriosa, e nela se inspirarem, e com ela se cobrirem da baixeza do presente.

Aqui o homem de letras definha à míngua de meios de vida. Literatos, filósofos, poetas, escritores, são inúteis bípedes, animais desprezados, porque muito pequeno é o seu préstimo. Por isso Túlio, que tem pretensões a literato, e se mete, não raro, a poeta bucólico inventando Menalcas e Dametas que poucos apreciam, foi refugiar-se neste recesso onde, como Cincinato, faz o trabalho de enxada do sítio com as suas próprias mãos acadêmicas. Entre parênteses: para prevenir críticas esmagadoras, críticas tafuis de Aristarcos improvisados, fique bem assentado que Cincinato, em lugar de enxada, usava charrua.

Parece que o contato com a memória, ou, ao menos, com a tradição, não inteiramente esquecida, sobre o mártir do triste drama de 2 de fevereiro de 1849, compele o nosso literato a meditar algumas vezes sobre o futuro da pátria. Coisas de poeta, loucuras de estro desvairado. Se ele fosse político genuíno, político estreme, pensaria, antes no seu próprio futuro, porque, isto de próximo é palavreado; não há ninguém mais próximo de um homem do que ele mesmo. Eu antes do próximo, ou eu primeiro, depois próximo ou o próximo depois de mim, isto compreende-se bem; o que não for isto, neste assunto, é utopia. Tudo o mais é história. Pátria é entidade abstrata. Ao menos, é assim que pensam os homens da corte, segundo o que por cá se diz. Ora, ninguém mais competente do que eles para dar opinião, porque lá é que está a cabeça da chamada pátria, lá é que está o coração, lá é que está a barriga da pretendida pátria; cá está a canela, ou talvez o tornozelo, senão o calcanhar da tal bicha.

Depois da meditação, vem o aperto do coração; eu estou tratando ainda do Túlio, o bacharel simplório e sonhador. Tem ele umas ideias esquisitas, ideias suas, digo mal, ideias de muita gente já neste mundo de terra, onde existe um império encanecido entre repúblicas jovens.

Estas ideias são efeito de uns aromas de liberdade que nos chegam de longe, trazidos por paquetes que vêm de além Panamá. Em termos claros: diz Túlio que tudo isto só há de tomar caminho quando triunfar absolutamente a democracia pura da aristocracia gasta — causa dos males que nos afligem. Ora, deixemos de politicar.

Conversando-se com o poeta, percebe-se a audácia do talento, da mocidade e do patriotismo.

E que coração é o seu! A igualdade e a fraternidade em todo o gênero humano — eis o seu constante sonho. Ver os pobres subir, e os ricos descer, para ficarem todos no mesmo nível — eis a sua primeira aspiração. Utopias, utopias! — dirão os cortesãos de César. Lá se avenham eles com Túlio.

É entusiasta do espírito, como da virtude, e não menos do trabalho. Ama a liberdade com os estremecimentos dos corações juvenis. É assim que se ama nos primeiros anos uma pulcra mulher, perfeição nas formas, virtude na alma, liberalidade no sentimento, lhaneza no caráter, nobreza no ânimo.

Em traços rápidos mas exatos está aqui o bacharel Túlio. Ele é isto, nem mais nem menos.

Uma manhã D. Emília entrou em casa do bacharel.

D. Emília foi educada em Paris. É mulher de espírito superior, e muito aprendida. Toca muito bem, canta ainda melhor. Fala corretamente o francês; sabe história; conhece um pouco a geografia; dá a sua opinião, nem sempre puramente teórica, sobre política; entende de desenho; até mete a colher no *Syllabus*. Por aqui se vê que ela não se confessa. É quase ateia.

Sente verdadeiro prazer em mitigar a fome, a nudez, a dor dos pobres. Soube uma vez que um cego de portas não tinha vinte mil-réis, em quanto importava a folha corrida que lhe exigia o diretor da instrução pública a fim de admitir-lhe a filha a exame de habilitação para o magistério. Tanto bastou para que, estando pouco depois em uma reunião familiar com pessoas de sua amizade, e tendo cantado e tocado de modo que de todos mereceu aplausos, se levantasse pedindo a cada um dos circunstantes um óbolo para a moça. E tirou a quantia, que entregou integralmente ao velho.

Outra vez achava-se na sala de um dos nossos aristocratas, um dos nossos homens de sangue azul e apregoada nobreza. Não sei por que singular anomalia se achava também aí um mulato, que começava a distinguir-se por um soberbo talento para a pintura. Senão quando vem segredar-lhe Lucila ao ouvido que as outras moças conspiravam contra o mulato no sentido de se negarem a dançar com ele.

Com efeito, tinham elas resolvido caladinhas esta conspiração. Mas, formado o quadro, D. Emília levanta-se animada de sublime altivez, levando a filha pela mão. Todas as vistas cravaram-se nela que, aproximando-se do pária, disse:

— Sr. Lúcio, venho pedir-lhe o favor de dançar com a minha filha.

— Com muita satisfação, minha senhora; mas creio que... não acharemos *vis-à-vis*.

— Serei seu *vis-à-vis*. Meu par é o barão de...

E então? Que tal a moça, a parisiense, como alguns lhe chamavam ao princípio?

Ora, tudo isto é muito elevado, e sobretudo muito bonito; mas não é ainda para nós, não está nos nossos costumes, e muito menos nos nossos preconceitos, principalmente em Pernambuco, segundo penso, porque das outras províncias e da corte nada posso ainda dizer. Em Pernambuco isto não se faz impunemente, em Pernambuco — torrão clássico de tesos fidalgotes, cada qual mais inquinado de prejuízos, de erros, de defeitos, cada qual tão nobre como o pai Adão (deixem-me falar neste sujeito, que vai caindo em esquecimento) que nunca teve brasões de fidalguia, porque nasceu do pó, como as toupeiras. Isto é, assim dizem as escrituras, não que eu acredite.

Por estas e outras, D. Emília não cessa de estar na boca dos maldizentes. Têm dito dela cobras e lagartos, muitas coisas feias cá na província; algumas nem merecem a pena de referir aqui. Estranham que ela vá à rua desacompanhada, ou somente tendo a filha por companhia; mas ela não faz caso dos reparos maliciosos, nem deixa de sair quando lhe parece. Censuram que, levada do entusiasmo, bata palmas ao ato, e dê bravos à cantora insigne; mas ela não deixa de manifestar a sua admiração por meio destes aplausos que julgam incompatíveis com as condições de mulher honesta. Para dizer tudo de uma vez, condenam sem piedade a confiança da liberdade que não refreia os ímpetos, condenam os sentimentos de igualdade e fraternidade que nesta mulher sublime estão ligados ao seu temperamento, que são forças fisiológicas. Perdem porém o tempo e o latim os que assim exercem a sua mordacidade, porque D. Emília tem força de vontade, é tenaz, e sabe defender-se quando a atacam. Na realidade, quem pode com um espírito esclarecido, e uma vontade forte?

Além da bondade, outros dotes distinguem D. Emília. O esplendor, a harmonia, a correção das suas formas dão logo na vista.

Este conjunto de qualidades que não se encontra sempre numa só pessoa, devia ter-lhe afiançado a felicidade. Pois não foi assim.

Voltando ao Brasil casou-se, por acordo de família, com um sujeito desproporcionado à sua altura moral: em D. Emília prepondera a lei dos espíritos — a elevação, em Magalhães prepondera a lei dos corpos — a descensão.

Magalhães, português de pouca educação, botou fora tudo o que a mulher lhe levou em dote — alguns contos de réis, que bastariam, nas mãos de outro português que pertencesse à regra geral, a assegurar-lhe futuro, se não brilhante, ao menos tranquilo. Não contente com esbanjar-lhe o pouco que o trabalho e a economia de pais honestos tinham ajuntado e deixado, com a melhor educação, à filha dileta, dava-lhe má vida, de que não estavam longe as humilhações e até as vias de fato.

Um dia o anjo irritou-se: fique bem discriminado que os anjos também se irritam; isto não acontece sempre, mas acontece algumas vezes — quando a escala do martírio está esgotada.

D. Emília gosta do que é belo, elevado, grandioso, neste mundo, e parece ter próxima afinidade com as grandezas presumíveis do outro, ou dos outros mundos — os mundos ideais, espirituais, morais, metafísicos, místicos, e outros ainda, que as filosofias vão criando hoje, destruindo amanhã, reconstruindo depois. A alma de D. Emília tinha expansões vastíssimas que não podiam acomodar-se no círculo traçado pela ponta dos instrumentos de suplício de Magalhães. Em pleno dia, a moça saiu de casa conduzindo pela mão a pequena Lucila com cinco anos de idade; e um mês depois estava em Pernambuco vivendo do seu trabalho, perfeitamente feliz porque recobrara a liberdade. Todos os flagelos têm seu termo, quer na família, quer no Estado; a mulher que sofre, como o povo que sofre, libertam-se ambos um dia do jugo dos tiranos: só há uma diferença — a mulher, para escapar dos maus-tratos do marido cruel, deixa-lhe a casa furtivamente; a nação, esta põe abaixo, ou atira para um lado em pública praça, como se fez ultimamente em Espanha, o imperante pérfido, e fica senhora das suas ações, dominando no mesmo solo como soberana absoluta. Oito anos depois, Luiz Corrêa, pai de Pedro de quem adiante trataremos, convidava-a para morar no seu engenho, a fim de ensinar a uma filha o francês, o canto e o piano, indústria de que a pobre senhora tirava a subsistência desde a separação *quoad thorum et mensam*.* Provieram daí as relações amorosas entre Pedro Corrêa e Lucila Magalhães, fervorosamente cultivadas e alimentadas durante os cinco últimos anos.

Lucila dir-se-ia que nasceu de um sopro, e com um sopro pode desfalecer. É o tipo da mulher franzina em cuja mão se tem pena de pegar, cuja cintura se tem receio de enlaçar com o braço para dançar, porque se supõe que vai quebrar-se o frágil vime. Organização quase vaporosa, impalpável, etérea, afigu-

* Expressão latina que significa separação "de cama e mesa", ou seja, separação conjugal (N.E.).

ra-se a projeção ou o projeto de uma nuvem sobre a terra. Esta extrema delicadeza de formas harmoniza-se com os tênues tons da voz débil, e os infantis movimentos.

Mas em compensação, que talento não tem Lucila! Toca admiravelmente o piano, fala e escreve bem o francês, assim como escreve o português; e pesca algum tanto do italiano. Grande parte destes dotes perdeu-a por mero capricho, muito natural na sua idade e índole.

Quanto ao amor que ela consagra a Pedro, nisto não se fala. Pedro é o seu ai-jesus!, é os seus melindres; Pedro é tudo para ela. Sem Pedro, não se compreende Lucila; sem Pedro, Lucila não seria Lucila; seria, talvez, Gabriela ou Maricota, uma Gabriela reforçada, uma Maricota travessa; faltar-lhe-iam a idealidade e a sentimentalidade do ser delgado, flexível, transparente, quase cristalino se não fossem as veias azuis, as cores róseas que se desenham nas suas faces e mãos de admirável primor artístico, quero dizer, primor natural.

A estimação que os dois mutuamente se consagram tem simplicidades deliciosas; o seu amor deles chega a parecer tolo. Ora, apreciem lá este pratinho:

— Lucila, você passou bem a noite?

— Dormi até de manhã.

— Vai almoçar agora?

— Vou. São nove horas. E você já almoçou?

— Já.

— Que estava fazendo aqui quando eu cheguei?

— Estava esperando por um pouco de fumo que mandei buscar lá em cima para o meu cachimbo.

Ficam alguns instantes em silêncio, olhando um para o outro, ele enfiado, ela algum tanto corada, de pudor, de amor, de acanhamento sem motivo nenhum, porque o rapaz nem sequer lhe pega de uma das mãos, e muito menos a aconchega ao peito, e muito menos ainda lhe dá o mais sutil beijo.

Não parecem dois tolinhos?

D. Emília foi entrando em casa de Túlio, e foi dizendo, quando ainda tinha na mão a do bacharel:

— Sabe, doutor, que vim do engenho expressamente para tratar do casamento de Lucila?

— Fico sabendo agora. Aceite os meus parabéns.

— Quem dera que eu os pudesse aceitar!

— E por que não?

— Pois não sabe que o pai de Pedro se opõe ao casamento do filho com Lucila?

— Por que motivo? Mas Pedro não é maior?

— Tem vinte e dois anos.

— Bastam vinte e um.

— Mas esta não é a questão. Que tem que ele seja maior de vinte e um anos, se o pai, que é autoridade policial, pode, querendo, e há de querer, fazer-me todo o mal que puder? Além disto, não tem ele amigos políticos, não tem tal ou qual posição?

— D. Emília — torna o bacharel — não obstante o que tem feito esta gente (referia-se aos políticos que estavam de cima), não quero acreditar que levem a ostentação da violência ao ponto de passarem por cima de uma certidão de batismo, quando não se trata de eleição ou de emprego público. Tratando-se de eleição eles não escrupulizam passar por cima até de uma certidão de óbito.

— A questão não é de certidão, sr. dr. Túlio. O que eu temo é que o pai de Pedro, empregando a força de que dispõe como subdelegado, impeça o casamento, se chegar a sonhar que se trata de o realizar.

— Mas neste caso o que lhe parece que se deve fazer?

— Realizar o casamento quanto antes.

— Agora compreendo. Quer dizer que se deve fazer o casamento às escondidas. Não é isto?

— Exatamente.

— E os proclamas?

— Nada de proclamas.

— E a licença do juiz de órfãos sem a qual não há padre que queira casar a menor?

— O que eu lhe digo é que tudo quanto for demorar o ato oferece meios ao Corrêa de o frustrar. Não é medo que eu tenho dos poderosos; é a consciência do mal que me podem fazer.

— Acho-lhe razão.

— Mas, voltando aos proclamas, esta é a maior dificuldade que se me apresenta, porque o bispo não tem permitido dispensa de proclamas a ninguém.

— Isto é verdade; mas não quer dizer que ele os não dispense absolutamente.

— Formo ideia muito desfavorável destes bispos que vêm agora de Roma. Olhe: eu sou uma mulher bem singular. Enfim, não lhe posso dizer tudo o que penso do novo bispo.

Meses depois destas palavras, o dito bispo proibiu que o cadáver do general Abreu e Lima, ilustre pelas suas letras e posição, tivesse sepultura sagrada.

O bacharel fez-lhe esta observação:

— Devo dizer-lhe que o bispo, por doente, não trata disto agora. Quem está incumbido de despachar é o provedor do bispado, com o qual me dou.

D. Emília pareceu ganhar novos alentos. A boa-nova que lhe dera o bacharel encheu-a de satisfação que lhe transpareceu no semblante.

— Se o senhor conseguir a dispensa, se a menina puder casar-se, eu, vendida, não lhe poderei pagar tamanho favor. Olhe uma coisa: o casamento de minha filha é a minha felicidade. Vendo-a eu amparada, posso morrer, morrerei satisfeita; estará preenchida a minha missão na terra.

Foi pressentimento talvez. Hoje, 5 de agosto de 1869, dia em que passo a limpo esta história para a mandar imprimir, D. Emília já não pertence ao número dos vivos.

— Ora, não diga isto. Depois de a ver amparada, é que a senhora deve desejar longos dias de vida para apreciar a felicidade dela.

D. Emília teve um assomo de ternura.

— O senhor não avalia o que é um filho. A gente dá tudo quanto tem, quanto possa vir a ter, pela felicidade de um filho. A existência, a vida não é nada em comparação de tão grande bem aos olhos de um pai ou de uma mãe.

Nestas palavras viu o bacharel novas instâncias para que ele se empenhasse pela dispensa dos proclamas, e pelo mais que fosse preciso à realização do casamento.

— Fique tranquila, D. Emília. O pouco que valho está à sua disposição. Tenho ainda alguns amigos, não obstante estar de baixo; são amigos que adquiri quando eu estava de cima; fiz-lhes favores que eles devem agora retribuir-me, a não serem tão esquecidos que de nada se lembrem mais. Espero cortar as dificuldades que se apresentam. A partida vai ser jogada com quem dispõe de meios e manhas. Mas havemos de ver quem ganhará. A causa é tão justa que julgo se duplicarão as minhas forças, e a vitória será minha.

A aflita mãe sentiu-se refrigerada com este bálsamo suavíssimo.

— Aceito a sua proteção, e confio nela. Permita-me que de hoje em diante eu veja no dr. Túlio o anjo tutelar de uma pobre menina cujo pai... não existe para ela, e cuja mãe mal pode chegar para si.

Pouco depois, D. Emília despediu-se com a amabilidade que entrava no número das suas distinções naturais.

Retirou-se comovida.

Passaram-se perto de quinze dias. No que devia completar a quinzena, o bacharel Túlio encaminhou-se, no seu passo de homem sério, à casa de D. Maria a fim de falar a D. Emília. Encontrou-a na sala solfejando uma música que estava muito em moda.

Depois de principiada a conversação cujo assunto — já se sabe — foi o casamento de Lucila, disse o bacharel com ares de quem se saía com uma grande reflexão filosófica:

— Por mais que me esforce, ainda não pude alcançar a razão que determina o Corrêa a não levar em bem o casamento do filho com D. Lucila.

— Pois é de fácil alcance, sr. dr. Túlio, tornou D. Emília. A razão é porque o Corrêa tem um engenho, enquanto eu tenho apenas a indústria de que vivo. Ainda outra: o filho do Corrêa pertence a uma família de sangue azul, ao passo que Lucila não tem ascendência ilustre.

— Mas, perdão, D. Emília, não são razões. Entre Pedro e D. Lucila não vejo nenhuma distância. A dizer a verdade, se a senhora é pobre, o Corrêa também não é rico; se o Corrêa é fidalgo, tanto tem ele de fidalgo, quanto a senhora de plebeia.

— Não há fidalgos nem plebeus, sr. dr. Túlio; já houve, hoje não há mais disto.

— De acordo. É um modo de falar, aludindo ao prejuízo da nossa sociedade, e especialmente desta província.

D. Emília prosseguiu na sua ordem de ideias:

— Todos somos iguais, todos — pobres, ricos, negros, brancos, caboclos, mestiços.

— Certamente. Eu não penso de outro modo.

— A questão magna das sociedades que caminham para a perfeição é simplesmente de *direitos* e de *deveres*, condições estas que não pertencem exclusivamente a alguns, mas exclusivamente a toda ordem moral.

— Muito bem, muito bem! exclamou o bacharel.

— Tanto é capaz de talento, riqueza, virtude, vício, o mongólico, o caucasiano, o malaio, como o índio e o etíope.

— Sem dúvida, de pleno acordo — continuou, entusiasmando-se, o Túlio.

D. Emília não fez ponto aí. Prosseguiu:

— Que importa que este homem tenha nascido na Europa, aquele seja natural da Ásia oriental ou do Japão, aquele outro da Lapônia, da Polinésia, da Patagônia ou da Hotentósia? O homem é simplesmente o homem. Seja qual for a sua origem, clara ou obscura, ele tem direito absoluto à liberdade, à instrução, às posições e distinções. O essencial é saber se ele tem merecimento por onde chegue a estas distinções e posições. O merecimento no negro torna este superior ao branco sem merecimento.

— Logo, concluiu o Túlio, que ainda possuía uma grande dose de retórica acadêmica, Pedro não é superior a D. Lucila.

— Nem Lucila a Pedro, completou D. Emília. Não há superioridade alguma; nenhum deles é superior ao outro. Não há superioridade, e havendo-a, porque, como vimos, Pedro é filho de um senhor de engenho, Lucila é filha de uma mestra de piano, e antes de tudo, estamos em Pernambuco, terra da nobreza.

Nas três últimas palavras havia ponta de ironia.

O bacharel não quis ainda ficar atrás:

— Fidalguia por fidalguia, a sua menina tem a fidalguia do talento, da honra e do amor. Tão menina ainda, tem qualidades que eu admiro e louvo.

— Mas não tem a principal, o dinheiro. Verdade é que Pedro também não o tem.

— Não é o dinheiro — a senhora bem o sabe — não é o dinheiro o que um pai prudente deve procurar na mulher que destina para esposa de seu filho.

— Bem sei, sr. dr. Túlio. Mas quantas pessoas encontrará da sua opinião? É verdade que não deixa de ser procedente a razão de não possuírem dinheiro minha filha e o filho dele para que se não casem. O Corrêa teve a franqueza de declarar-me que o único motivo da sua oposição a este casamento é ver que a menina nada possui, e que ele, por sua parte, nada pode dar a Pedro. Acho-lhe razão nisto; acredite entretanto o doutor que se eu não reconhecesse que fora absolutamente impossível arrancar do coração de minha filha tão funesta paixão, há muito que me havia retirado da casa do Corrêa, e seria a primeira a impedir o casamento. Cedo ao destino de minha filha. Sinto em mim bastante força para topetar-me com todos os orgulhos dos chamados fidalgos desta terra. Esta menina porém vence a minha energia. Não lhe parece uma fatalidade isto, doutor?

— Não direi uma fatalidade, mas é sempre uma falsa posição para um espírito eminente como o seu, minha senhora.

D. Emília sorriu-se a esta *tentativa de reconhecimento* e respondeu graciosamente:

— Ah! Isto é um galanteio?

— Se galanteasse, rendia homenagem aos seus dotes. Mas no que eu disse há justiça.

— Pois bem, falemos agora do meu negócio.

— Está tudo pronto.

— Pronto? Deveras? Tudo pronto já?

— Prontinho da Silva.

— Bravo! Parece-me impossível! Uma coisa que se me afigurava tão difícil de realizar-se...

— Pois não empreguei esforço. O provisor do bispado dispensa os proclamas, o juiz de órfãos concedeu a licença, Pedro e Lucila podem casar-se hoje, se a senhora quiser.

— Não tenho expressões para agradecer-lhe tão grande favor.

D. Emília estendeu a mão pequenina e benfeita ao bacharel que, tocando nela, estremeceu de uma sensação desconhecida.

— À vista disto efetuar-se-á o casamento no sábado — disse ela.

— Mas podiam casar hoje ou amanhã. Para que demora?

— E a confissão?

— Conheço um padre, meu amigo e vizinho, que pode confessá-los, o padre Alexandre.

— Será o padre Alexandre o confessor: mas o casamento, por outros motivos, somente no sábado poderá realizar-se. Entretanto, rogo-lhe que se entenda com o padre hoje sem falta.

— Vou agora mesmo falar-lhe.

— Não exijo tanta pressa.

— O que se tem de fazer, faça-se logo. Ele mora perto. Com licença. Volto já.

Pouco depois o bacharel já estava de volta, e dizia a D. Emília:

— Está tudo combinado. Sábado de manhã, por volta de seis horas, D. Lucila deve achar-se na capelinha onde o padre Alexandre a ouvirá de confissão.

— E Pedro?

— Confessar-se-á de tarde, pouco antes do casamento, visto que, para evitar suspeitas, não convém chamá-lo antes de sábado. Previna-o sem demora.

— Vou já escrever-lhe.

Túlio levantou-se.

— Já vai?

— Não aparece de tarde lá por casa? Minha mãe espera a senhora e sua inseparável companhia. Quanto a D. Lucila...

— Lucila, atualmente, só vive para as suas... ilusões. Não quer absolutamente sair.

— Apresente-lhe os meus respeitos.

Logo que o bacharel se apartou D. Emília encaminhou-se à mesa para escrever; mas nem ela escreveu uma linha desta vez, nem o doutor pôde ler neste dia uma página, sem voltar atrás duas vezes, pelo menos, do seu livro de filosofia nova.

Havia evidentemente uma tímida preocupação naqueles dois espíritos, pouco antes ermos e inteiramente senhores de si. Havia também uma delícia vaga, sutilíssima no coração de cada um daqueles seres que, pela primeira vez, se prendiam no enleio do amor (?).

Chegara o suspirado sábado.

A criada de D. Maria, a negra Rita que se adivinhava ter pernas finas pelos finos braços que tinha, amanhecera em um sarilho, em contínua labutação, como se diz em linguagem de casa. Ora, até agora ainda ninguém pôs em dúvida a qualidade de serem boas andadeiras as pernas finas; logo, a rapariga estava no seu elemento.

Uma coisa é ver, outra é dizer. Por todas as ruas do arrabalde, por todos os pontos da estrada, ainda os mais ermos e afastados, só se encontrava perna de Rita. Rita aqui, Rita acolá, com seus usuais torcicolos, para uma banda e para outra, serpeando como cobra de cipó. Enfim, Rita era todo o arrabalde que nela se observara; Rita a andeja, a tafula, a palreira Rita era a estrada inteira, sem nada lhe faltar; era até o adro da capelinha que ela fora espanar e varrer, e depois cobrira de folhas de canela para que a festa fosse asseada e cheirosa como eram os noivos, como deviam estar eles, e de feito se mostraram.

A casa de D. Maria espanejava-se alegre e feliz, destacando-se do grupo das outras com feições de noivado.

As moças das vizinhanças, influídas com o casamento como se tratasse delas, tinham mandado balainhos cheios de flores a Lucila, que com o presente ornara os vasos de porcelana e as mesas de D. Maria, e o piano de D. Emília. Muitas das flores dos resedás, dos alecrins oferecidos, matizavam de várias cores o chão por onde as mãos de D. Belinha os tinham espalhado. O suave cheiro destes pitorescos habitadores dos jardins, como para pagar a hospitalidade, recendia pelas salinhas e quartos modestos, dando-lhes a distinção de mansões opulentas.

Todos os moradores do circuito sabiam do que se ia dar, quando por outros indícios não fosse, ao menos pela incessante, pela perpétua presença de Rita a levar jarros, cadeiras, tapetes, cartões com luvas, velas de espermacete, e o mais que em casos semelhantes se usa. O movimento de Rita não podia deixar de dar na vista dos pacíficos moradores acostumados ao sossego de bem-aventurança, comum aos arrabaldes.

E como estava aprazível a estrada saindo da sua paz habitual!

Nada há que se compare com um arrabalde por ocasiões festivas.

Se ainda não contasse outros atributos de superioridade sobre os centros muito populosos, contaria esta superioridade incontestável.

A razão é porque aí a natureza está à mão, em cima, por baixo, por todos os lados. A verdura é o melhor adorno para as cenas que devem representar-se. As veredas, ordinariamente silenciosas, que cortam a espessura, povoam-se de curiosos por algumas horas. As ruas de árvores que dão entrada para os sítios solitários servem de bastidores ao drama, bastidores sempre novos, pintados e coloridos de fresco, bastidores que não têm iguais nos melhores teatros do mundo; não há cenógrafo que leve a melhor à natureza. Se é de tarde, ouve-se aqui o assobio, a cantiga do campônio; acolá ressoa o berro monótono do bezerrinho; além retumba o balido das ovelhas; de um canto e de outro o rumor das auras nas folhagens abranda os sons mais fortes e ásperos, tempera os gritos estridentes da orquestra desordenada da vida animal nestas horas em que late o cão, canta o galo, solta o trabalhador do campo as suas toadas com mais animação e desembaraço.

Não era porém de tarde, era de manhã.

D. Emília encaminhou-se com a filha à capelinha onde o padre Alexandre devia ouvir de confissão a menina.

Não havia confessionário na capela — falta muito sensível, quando por outras razões não fosse, pela que deu o padre. Disse este que não lhe era lícito confessar mulher senão havendo uma grade, uma cortina, enfim um objeto qualquer de permeio.

Razão canônica, segundo afirmou. Impiedosos cânones, que não se lembraram, que não previram — eles que tudo previram — que Lucila havia de confessar-se naquela igrejinha pobre, rústica, sem gordo patrimônio, sem rua de casas, como as de certas confrarias, sem escravos nem engenhos, como a de certas ordens que de ricas não têm onde botem rendimentos e estão excitando a cobiça do Estado.

Mas a razão da proibição? O hálito da mulher não é epidêmico, o de certas mulheres é até higiênico e tônico; alguns padres podem dar testemunho. Mas quando fosse epidêmico, e os cânones, prescrevendo aquela condição, quisessem preservar o padre de qualquer miasma, a prescrição nada adiantava, porque através de uma grade passa o hálito de qualquer mulher.

Será para evitar — com o devido respeito — o contato? Não, decerto; porque uma cortina não impede o contato, antes às vezes o amacia. E depois, quantos beliscões se dão, quantas coisas se fazem com uma cortina de permeio! Sábios cânones, tanto mais sábios, quanto mais incompreensíveis, prometo-vos, para ficar de uma vez por todas respeitando a vossa infusa e insondável sapiência, prometo-vos pedir explicações ao sr. bispo sobre este grave ponto de teologia dogmática, penso eu.

Seja como for, o certo é que não havia confessionário e era preciso improvisá-lo, sem o que lá se ia irremediavelmente tudo quanto Marta havia fiado. Marta neste caso era o bacharel Túlio, mola impulsiva ou propulsora de todo aquele movimento.

Procurou-se uma *urupema* para pendurar-se no encosto de uma cadeira, e suprir-se a anticasamenteira lacuna; deu-se com uma lacuna mais notável, uma lacuna que valia por dez, por vinte: nos dez ou vinte sítios dos arredores da capela não se achou uma urupema. Foi uma coisa de espantar. O padre Alexandre arregalou os olhos, e soltou uma pilhéria:

— Será crível que nestas vinte casas já não se coma feijão de coco?

O filho de uma velha que tem por apelido *Feijão-de-coco*, supondo que havia alusão ferina no inocente gracejo, ficou enfiado, e tratou de retirar-se da sacristiazinha aonde fora atraído pela chegada de D. Emília com Lucila.

Ao bacharel Túlio, que acompanhara mãe e filha à capela, ocorreu a piramidal ideia de colocar uma cadeira transversalmente no encosto de outro, de modo que o assento de palhinha, ficando no sentido perpendicular, fornecesse uma grade entre o confessor e a noiva. Este pensamento foi recebido com gargalhadas gerais, primeiro, porque oferecia o inconveniente ridículo de entalar a cabeça da gentil penitente entre as pernas da cadeira; segundo, porque voltava do outro lado para o sacerdote a parte menos nobre do móvel, aquela em que exatamente a gente se senta; terceiro, porque, entre as pernas da cadeira, a posição da noiva seria muito incômoda, ainda que, no parecer de alguns sujeitos presentes, aquilo se pudesse tomar por penitência antecipada; quarto, porque o ato, que aliás pelos cânones devia ser solene, perdia toda a sua compostura e dignidade. Havia ainda muitos outros inconvenientes que eu não estou agora para incluir nesta relação.

Todavia, houve discussão. Túlio vendo-se apanhado em flagrante ridículo, desenvolveu toda a sua retórica no pensamento de convencer os divergentes de que a ideia era magnífica. Argumento vai, argumento vem, a ideia ia amadurecendo. Então Lucila falou em arrancar-se antes o assento da cadeira, providência que melhorava as suas condições, mas não as do padre. A ideia de Lucila foi um relâmpago de luz, porque veio lembrar a Túlio que ele tinha em casa uma cadeira usada a que costumava cair o tampo. Estava resolvido o problema: o tampo da tal cadeira podia ser utilizado, sem dano de outro móvel, e desta vez sem desdouro para o padre, porque ficaria para o lado dele o avesso do assento. Rita já amolava as pernas para correr ou voar à casa de Túlio quando apareceu o proprietário da capelinha com a grade de um antigo confessionário desgrudado, que ele, por uma vaga reminiscência, fora desenterrar de um montão de caliça, por trás de uma escada de mão, que estava encostada na parede da sacristia.

Oh! preciosíssimo achado, mais que precioso fóssil. Ajoujou-se a peça, quase pré-histórica, ao encosto da cadeira, e começou a confissão de Lucila.

Lucila porém, para dizer a verdade, não tinha que confessar.

Lucila era uma pureza, o seu amor um culto cândido, o seu coração um santuário imaculado. Os seus lábios — pétalas de rosa virgem, cobertas ainda de pelúcia nativa, impregnadas no odor do desabrochar recente, — eram frescos como o orvalho, aveludados como a manhã.

Caía a tarde.

As gentis netinhas de D. Maria — Amélia, Laura, Terezinha e Sinhá — para dentro e para fora, não se sentavam, não paravam, impelidas da comoção da novidade. Era o alvoroço da inocência, a impaciência pela felicidade da donzela que bafejavam os favônios do noivado. A meninice não é egoísta; alegra-se com as alegrias alheias, e não raro chora quando vê alguém chorar.

Também, para dizer tudo, não eram somente as crianças que se mostravam naquele reboliço que contrastava com o sossego costumeiro da casa de D. Maria. Esta e sua filha, D. Emília e Lucila, todos de casa estavam dominados da agitação que parecia provir da temperatura, do ar ambiente. Uma delas enfiava uma saia, outra passava apressadamente o ferro no lenço; esta pregava as últimas tranças verdes no corpete de lã branca; a mesma noiva, com a mãozinha afilada, que tinha o tato do belo e do bom gosto, a mesma noiva, pichosa, como se diz, para cortar, coser, apanhar com graciosa fantasia folhos de vestido e encher grades de labirinto, punha o remate no vestido nupcial.

Que coisa bonita! Que poesia insigne!

Era ela em pessoa, ela e não outra que colocava os festões de flores artificiais nas orlas da seda lavrada, com perfeição de encantar. Já fora ela que cosera e enfeitara o véu, símbolo da sua candura. Como isto é sublime!

Assim é que deviam proceder todas as moças. Com suas próprias mãos deviam elas preparar o seu véu e vestido branco como fez Lucila. Se ainda se admite o véu como símbolo da pureza, leve-se o símbolo a mais longe: não se admita que ele passe por mãos estranhas, talvez impuras, que o possam conspurcar. Dê-se todo o elástico possível à poesia do noivado.

Mas as noivas ricas, as noivas fidalgas, as filhas dos comendadores apatacados, dos barões e viscondes que dão dinheiro a juros, dos doutores entusiasmados e presumidos, estas noivas conquanto muito dignas, não compreendem a majestade modesta, a satisfação casta, que enchia a alma de Lucila sempre que ela tocava no seu véu, no seu vestido branco. As noivas que têm fumaças de ricas e aristocráticas incumbem as modistas de fazer tão veneráveis prendas; isto constitui elegância e superioridade. Não é tudo: ainda bem não se contratam em casamento, e já os presunçosos pais fazem as encomendas para Paris, donde há de vir, pelo gosto das modistas de lá, o que se devia inspirar no gosto e singeleza da noiva de cá da terra, conforme a sua educação e as suas opiniões domésticas. Perdoem a minha ousadia as ilustres noivas ricas e fidalgas! Mas o seu vestido e o seu véu não valem, quanto a mim, aquele véu e aquele vestido de Lucila. Quando eles chegam ao vosso corpo e à vossa fronte, respeitabilíssimas deidades, já vêm desprimorados pelos toques de mãos de modistas, de mãos profanas como são as tais de modistas. Sacrificais à vaidade natural ou transmitida o primeiro trabalho do vosso novo estado, início das vossas obrigações conjugais, aquele trabalho que a ninguém devíeis cometer. Mas qual! Vestido e véu que não vêm dali, que não passaram por aquelas mãos, são coisas toscas e reles, coisas do vulgo sem gosto, da plebe chata. Mas a culpa não é vossa, sim dos frívolos que vos metem semelhantes coisas na cabeça. Passemos adiante.

A festa era o ponto único para onde convergiam todas as atividades da família. Rita, não se fala, era a mola, o nervo principal do movimento.

Ora, isto é o que se passava na rua. Vejamos o que ia na capelinha.

Poderiam ser quatro horas. Pedro chegou do engenho donde saíra furtivamente a fim de vir confessar-se, e em seguida casar-se, para o que o padre Alexandre ficara de achar-se ali às seis horas, isto é, uma hora antes do casamento, pois considerava bastante uma hora para passarem os pecados de Pedro, medindo-o pelos demais rapazes de agora; enganou-se, como se enganara a respeito de Lucila.

Ora, tendo Pedro chegado às quatro horas, esperou até às cinco e meia na capelinha, e nada de padre. Hora e meia para um noivo naquelas condições equivale a um século; Pedro curtiu este século com resignação admirável; mas faltando-lhe forças para entrar em novo século, encaminhou-se à casa do bacharel.

— Venho pedir-lhe que me diga alguma coisa a respeito do padre Alexandre. Estou velho de esperar por ele na capela.

— O padre Alexandre ficou certo de ir. Ainda lá não está?

— Nem fumaça de padre Alexandre.

— Ter-se-á ocultado?

— Nem me diga isto, doutor.

— Homem, se o subdelegado sonhou que o casamento estava neste pé, é capaz de tanger os pauzinhos de modo que não tenhamos casamento. Com subdelegado não se brinca. Desculpe-me. Não me lembrava que ele é seu pai.

O noivo caiu das nuvens.

— Não se aterre — acudiu o bacharel, notando que o rapaz, de assustado, estava a dois dedos de desmaiar ou desfalecer.

Volte à capela, enquanto eu corro à casa do padre, para deslindar este negócio, para saber que fim levou ele.

Pedro, em lugar de voltar, foi ter com Lucila. O rapaz, com efeito, precisava de forças que somente a menina sensata e crente lhe poderia fornecer em olhares meigos, sorrisos joviais, e palavras repassadas de confiança no seu futuro de ambos, elixir que ele não encontraria nas farmácias.

Quando Pedro entrava em casa de D. Maria o padre chegava à capela, e nada de noivo.

Passou-se outra meia hora, que voou como um relâmpago para os nubentes em deleitoso colóquio, respirando um do outro aromas e satisfações incomparáveis.

Há quem diga que Pedro chegou a pregar um festão no vestido daquela que em pouco tempo devia ser sua esposa.

Eu não posso portar por fé este ponto; limito-me a dizer que se nisto não há pura invenção, novo realce veio dar à singeleza do quadro, já tão suavemente iluminado destes singulares amores.

Compreendendo que a demora de Pedro ao pé de Lucila podia dar origem a grande inconveniente — o de não se realizar o casamento —, D. Emília fez-lhe ver que era preciso procurar o confessor.

Era tempo. O padre, *fumando* de raiva com a espera do tardio penitente, passeava em silêncio, fazendo movimentos nervosos no estreito adro da capelinha como quem queria arrebentar.

Este padre tinha gênio forte, e com ele não faziam cinco montes.

Por um triz não disparatou.

Às seis horas o pátio da casa de D. Maria, coberto de grama, bem limpo, bem sacudido, começava a cobrir-se também de curiosos, atraídos pelo odor da novidade.

Toda a rua parecia sorrir-se. Mulheres e crianças, encostadas às janelas, devassavam com olhares indagadores o que se passava dentro da sala, e faziam comentários de todo peso e medida, terminando-os muitas vezes com risadinhas tafulas. No céu nuvenzinhas diáfanas se agrupavam ao redor da lua que tinha na face a brancura láctea do crescente e não o avermelhado com que sai do mar quando é cheia. Nos portões dos sítios que com as casinhas térreas formam a rua, deixavam-se ver mocinhas delgadas e matronas gordas, aquelas espartilhadas e metidas em vestidos bem conchegados, bem justos, estas em roupões folgados e frescos, aquelas atravessadas de fitas e rendas, estas traçadas em xales caseiros, mas tanto estas como aquelas com os olhos voltados na direção do ponto que atraía a universal atenção.

Em pouco um vulto apareceu no princípio da rua, voltou a esquina, e entrou na casa de D. Maria. Era o bacharel, todo encasacado e enluvado, recendendo a oriza e baunilha. A casaca era a que servira na sua formatura; as luvas tinham sido calçadas pela primeira vez por ocasião de uma festa de anos, em casa do chefe do partido que estava de baixo. Quanto à oriza e à baunilha, estas foram compradas expressamente para o casamento de Lucila.

D. Emília, sentada no sofá ao pé do piano, junto da janela, tinha no rosto enternecimento e satisfação que ganhavam nova intensidade à luz dos candelabros, já então acesos. A flor parecia estar no primeiro, no mais fresco período da sua enérgica vegetação.

Trajava vestido de escumilha azul cor de céu, apanhado de arregaços das cavas para as ombreiras, com tranças e brilhantinas. Afigurava-se o casulo resplandecente, donde rebentara a ninfa daquele lepidóptero crepuscular. O talhe, cortado à virgem, deixava ver livremente a abundante perfeição do colo de alabastro que arfava e refulgia.

Dando com as vistas naquela frescura, naquela galhardia, naquele brilho inesperado, o bacharel teve um deslumbramento que não pôde vencer. Por instantes ficou em contemplação diante da flor, ou do astro, ou mais verdadeiramente da carne. Este estado por felicidade passou logo. Uma vez livre dele, o bacharel encaminhou-se à mãe da noiva. Entregou-lhe ela a mão alva, gordinha, pequenina cujo contato produziu em Túlio um estremecimento suspeito.

— Para que calcei eu tão cedo as luvas? disse consigo. Malditas luvas! Impediram-me de sentir o aveludado da mãozinha dela em primeira mão.

Não se podendo ter, tamanho fora o efeito da visão encantadora, dirigiu-lhe um cumprimento faceiro, ao mesmo tempo amabilidade e revelação, a que D. Emília correspondeu estremecendo e sorrindo.

A este tempo chegaram os padrinhos — os srs. Justiniano Silva e Felisberto Cunha com as respectivas mulheres. Passado um instante chegaram também Baltazar das Neves e a mulher, que passa por um *peixão*.

Justiniano era um distinto empregado da alfândega, e Felisberto guarda-livros de uma casa inglesa onde muito o consideravam por ser verdadeiro, trabalhador e de mãos limpas; o primeiro tinha o rosto bonito demais para homem, formas fornidas e já um tanto maduras; o outro, franzino de compleição, era de trato muito agradável, e algumas vezes não deixava de ter seu espírito que ele sempre usava com ares tímidos, e palavras proferidas a meia-voz para não serem ouvidas senão pelos mais íntimos.

A mulher de Justiniano era uma beleza. Em Paris chamar-lhe-iam *ravissante*;* no Recife passa simplesmente por bonita; mas, na realidade, ela preenche as condições de delicadeza e perfeição que uma mulher deve trazer nas suas formas; porque... ou

* Em francês no original: "encantadora" (N.E.).

bem que somos, ou bem que não somos: mulher que não é bonita devia ter nascido homem, não podia ser mulher.

Isto não se entende com a de que estou tratando. Esta pode servir de modelo pelo que toca ao corpo, à cor, à gentileza, ao modo de olhar, de falar, de andar, de andar principalmente, que é coisa de muita ponderação numa mulher de sociedade, e mesmo na que é do mato; porque o andar dá ideia do equilíbrio da alma, ou antes da boa conformação dos ossos, dos nervos, das carnes, que tudo isto deve ser bem constituído e estar em justa harmonia para gerar a elegância, a distinção, o lustre, as atitudes esbeltas, principalmente na mulher, que deve ser sempre esbelta desde o levantar-se até o deitar-se.

A mulher de Felisberto, alta, espigada, caracterizava-se pela simpatia que inspiram e pela bondade que possuem umas feições insinuativas sem descaírem da natural gravidade, uns tipos a que não falta nenhuma das prendas da dignidade, tipos completos que se sacrificam por uma dedicação, fadados para o heroísmo. Quer uma, quer outra, dedicavam sincera amizade a D. Emília.

Pelo que toca à mulher de Baltazar, era uma mocetona de encher a vista, morena, pescoço que parecia ter ido ao torno, olhos grandes posto que um pouco tardos nos movimentos, sorrisos um tanto hipócritas, palavras que se poderiam contar. Se em toda a festa disse meia dúzia delas, falou pelos cotovelos. O todo é uma espécie dessas mulheres que entendem que estando bem-vestidas, bem prontas para o que der e vier, atiradas em uma cadeira, ou reclinadas na almofada de um sofá, na inércia de bonecão de gesso, nada mais lhes resta que fazer, têm cumprido a sua obrigação. Quanto a Baltazar, era um empanturrado, um feioso que não sei como achou mulher que o quisesse para marido.

Não se fez esperar a ideal Lucila, seguida da modesta e tímida Belinha. D. Maria chegou por último.

Cumprimentos, beijos, abraços, risadinhas, tudo isto emoldurado em vaidade inofensiva. Formou por alguns instantes um grupo suave esta meia dúzia de moças risonhas, alegres, que, parecendo incapazes de ofender um pinto, poderiam só elas dar com o mundo em pantanas, pelas suas diabruras.

Justiniano estava de veia nesta noite; e além de padrinho, o que lhe dava certa autoridade, era antigo amigo da família; tinha visto D. Emília casar-se, e quase Lucila nascer.

Logo ao entrar, foi soltando quatro ou cinco chufas ao bacharel com quem de há muito se dava e que sempre metia à bulha. Com as suas graças fez rir a todos.

Túlio não se deu por achado com os gracejos de Justiniano; estava calejado. E talvez para excitá-lo encaminhou-se a Lucila a quem ofereceu doces, sabendo que, toda entregue aos preparativos, não tinha jantado.

Tanto que Justiniano pescou esta revelação, imitando Túlio, aproximou-se da noiva para dizer-lhe com ares brejeiros:

— Pois logo hoje é que você não jantou, Lucila? Não sabe em que vai meter-se. A vida agora é outra. Você vai atravessar o Atlântico debaixo de tempestade. Navio que pela primeira vez cai no mar deve ter o cavername muito seguro para poder resistir ao embate das ondas buliçosas do furibundo Netuno, que com seu tridente erguido ameaça revolver todas as grutas, e não deixar em paz as ninfas. Você sorri porque não entende esta linguagem da mitologia.

Os moços soltaram gostosas risadas sem darem fé da indiscrição, que não fez corar Lucila, porque Lucila não alcançava as segundas tenções, e não via nos que estavam ali senão pessoas que lhe consagravam afetuosa estima.

Mas — pergunto eu — por que razão se há de sempre encontrar um brejeiro ao pé de um noivo, e esta brejeirice não acaba nunca?

Cumpre todavia notar que todos se achavam ali em muita intimidade, porque se conheciam e estimavam todos; não havia a menor cerimônia, desde que a roda era de família, bem diversa das aristocráticas em que a etiqueta obriga à distância de indivíduo a indivíduo, o que às vezes dá à sociedade um aspecto quase bisonho, e se não bisonho, taciturno, que não raro cai na sensaboria que não fica longe do enjoo. O que ali se sentia era satisfação, era alegres momentos, uma convivência agradável de que todos participavam.

As meninas corriam, saltavam, gritavam; eram os angélicos trasgos daquele formoso gineceu; e enquanto elas punham a casa em revolução, as senhoras entregavam-se à prática da amizade respeitosa.

— Sabe que mais, Baltazar? perguntou Justiniano ao marido da silenciosa mocetona. Tu te devias chamar Pantaleão ou Zebedeu.

— Por que motivo? tornou-lhe Baltazar.

— Porque és muito grande e muito feio.

Gargalhada no círculo dos homens.

— E dirá se não tenho razão — continuou ele — o dr. Túlio, que estudou astronomia.

Novos aplausos.

— Estudei melhor a zoologia, e posso fazer a classificação do fóssil — respondeu Túlio.

Repetiu-se a gargalhada.

Mas de repente voltam-se para o essencial: Pedro tardava. Depois da confissão tinha ido ao Recife a buscar uma carruagem para o levar à igreja; mas nada de chegar.

Qualquer luzinha que apontava no horizonte ao longe, dizia-se que era Pedro com a carruagem, ou antes a carruagem com Pedro.

Mero engano. Uma vez era uma carroça carregada de capim. Disto tirou Justiniano motivo para novo rasgo de espírito, que não me animo a reproduzir nesta narrativa porque desejo que ela passe à posteridade leve, fluida, sem ter pesado um momento no cérebro do leitor.

Nestas intermitências e alternativas, ora gracejos, ora silêncio profundo, passou-se bem uma hora. Começavam já a inquietar-se os padrinhos, que o caso não era para menos. Justiniano, para bulir com Lucila, dizia que Pedro tinha sido agarrado, e àquela hora já estava num vaso de guerra, de caminho para o Rio Grande do Norte onde devia ficar degredado. Felizmente palavras não eram ditas, quando apareceram indícios de estar salva a situação. Um carro parou à porta, e de dentro saltou Pedro.

Apenas Pedro entrou, chegou um portador com recado do padre Alexandre. Mandava este dizer que estava cansado de esperar. O portador completou a notícia, ajuntando que o padre estava furioso.

Enfim levantaram-se todos.

Na primeira carruagem entrou Lucila, Justiniano, a mulher, e o dr. Túlio. Na segunda entrou D. Emília, Felisberto, a mulher, e a menina Belinha, cuja modéstia e beleza harmonizavam-se perfeitamente com a brancura do vestido adornado de enfeites azuis. Na última carruagem entrou Pedro, com o Baltazar e a mulher. Viagem de meia-cara, já se vê.

A meninada, reunida à porta da casa, deu uns vivas aos noivos no tom patusco do costume; e um taberneiro de junto, de cima dos seus tamancos atroadores, dirigiu uma graça, pesada como lhe estava pesada a cabeça, a Rita que neste momento passara às carreiras para a capelinha, levando uma roda de cravos na mão.

A rua recaiu no seu sossego de sempre, enquanto não voltavam os noivos.

A capela de Nossa Senhora da Conceição está à beira da estrada com o rosto voltado para o nascente. O muro do sítio a que ela pertence, e em que está vinculada como encargo de um antigo patrimônio, vem vindo de norte a sul, e de repente sofre uma solução de continuidade. Esta solução abre espaço ao pequeno pátio, que fica para dentro da parede mural cerca de uns vinte passos e em cujo vão se levanta a solitária ermida.

Por detrás erguem-se coqueiros e mangueiras, cujas sombras alcançam a capelinha quando o sol declina para oeste. Frescas tardes e risonhas manhãs passam por sobre este pitoresco retiro como afagos de primavera.

A nave estava cheia de curiosos, jovens e matronas, dos sítios adjacentes a quem a solenidade arrancara à usual indolência doméstica. Folhas de canela, jasmins, resedás, madressilvas e alecrins tapetavam o pavimento.

Houve ainda uma pequena demora enquanto Pedro tomava as roupas de noivado, no sítio contíguo, onde reside uma ilustre irmã de D. Emília, a qual se achava com o marido na igreja.

Os homens entraram para a estreita sacristia.

O padre Alexandre, paramentado, conversava com o Túlio.

— O senhor há de desculpar a demora, disse este. É devida ao rapaz que andou dando, à última hora, umas voltas no Recife.

— Estou aqui desde as seis. O seu noivo...

— Advirto que eu não sou a nubente. Desta é que ele é.

— Para mim ele é o do senhor — tornou o padre. Mas imagine lá o que havia de dizer-me, assim que entrou aqui, sem ter atenção nos estranhos que estavam comigo.

— Alguma puerilidade?

— Uma grande inconveniência. Vai ver. Foi entrando e dizendo em voz alta: "Sr. padre, eu só sei o *Pecador*, o *Padre-Nosso* e o *Ato de Contrição*. Peço-lhe que não me pergunte outras orações, que eu não posso responder."

— Tem graça — disse Túlio sorrindo.

— Que bom noivo! — continuou o padre.

— Deste calibre são quase todos.

— Estas mesmas orações creio eu que ele as decorou agora expressamente para confessar-se: os rapazes deste tempo consertam relógio, mas não sabem dizer quem é Deus.

— Desejo que o senhor faça a cerimônia dos anéis — disse Túlio, desviando o padre daquele tema escabroso.

— Já não se usa.

— Quem lhe disse? Usa-se.

— Que está dizendo? Se eu moro por trás do céu... Por isto vêm e vão os usos e as modas sem que eu saiba quando vieram ou quando foram. Mas não há dúvida. Benzo os anéis e tudo há de ser como quer a sra. D. Emília. Não foi ela quem se lembrou desta novidade? Tem lembranças aquela D. Emília.

O padre sorriu-se.

— Que tal achou a licença do vigário? — perguntou Túlio.

— Está em forma. Logo abaixo hei de lavrar o termo do casamento, que os padrinhos assinarão agora mesmo.

— Agora? — perguntou Justiniano.

— Já. Tudo fica pronto hoje, não quero dúvidas. Preto no branco. Mando logo a papelada ao vigário para ele fazer o lançamento no livro competente. Por quem espero?

O padre, homem seguro, parecendo, não sem razão, recear-se de qualquer vingança do subdelegado, não queria deixar uma pontinha por onde pudesse ser filado.

— Tanto melhor. Vamos logo com isto — disse Justiniano soprando de calor.

Nisto chega o noivo, o que se deu logo a conhecer pelo alvoroço das mulheres no corpo da igreja.

Enfim, um quarto de hora depois, Pedro e Lucila estavam casados.

Apenas concluída a cerimônia, procedeu-se à partilha dos cravos.

Cada moça solteira queria um do noivo, cada rapaz, um da noiva. Até Rita exigia o seu, alegando razões plausíveis que foram atendidas, porque se não fora Rita, a festa não tivera tanta animação e brilhantismo. Rita podia dizer o que dizia aquele mascate da primorosa *Festa de Baldo*, aquele Guimarães, pai de D. Clara, quando encontrava a gente de Goiana trajando da chita espantada, da cassa, do filó, ou da seda verde que ele vendera:

"Metade, ao menos, do esplendor me devem."

Não é pois de admirar que, quando não chegaram todos os cravos para um terço dos que queriam, saísse Rita, muito ancha, com o seu, metendo inveja a muita rapariguinha nova que recendia a banha de jasmim e esperava tirar a *sorte grande* pelo Natal, por obra e graça de um cravo do noivo.

Seguiram-se as congratulações e os abraços de ternura.

D. Emília estava radiante de satisfação.

— Sua menina tirou o maior prêmio — disse-lhe uma senhora baixa e cabeluda, com quem a mãe de Lucila talvez nunca tivesse trocado uma palavra.

D. Emília respondeu simplesmente:

— Quem o tirou fui eu.

Pedro e Lucila sorriam como duas crianças que esperavam que a festa havia de ser boa porque lho diziam, e não porque o soubessem.

Deliciosa imprevidência! Grata e fulgurante ilusão do olhar sereno da mocidade — da mocidade inocente e ainda em ser, não da mocidade gasta, mais velha que a própria velhice; da mocidade virgem que só alcança nos horizontes risos e formosuras!

Mas quanto não se enganava esta mocidade ignorante e esplêndida! Quanto não são efêmeras as rosas e o azul dos seus horizontes límpidos!

Todos aqueles brilhos são brilhos fátuos, crianças. A vida não passa de uma quimera, ainda quando sorri como nas festas nupciais. Faço votos para que esta formosa fantasmagoria não se desvaneça nunca para vós que tanto vos amais.

Mas não anuviemos a limpidez do céu diáfano com a sombria nuvem de uma reflexão filosófica.

— O sr. Justiniano é casado? perguntou o padre Alexandre lavrando o termo em seguida à licença do vigário, como dissera havia pouco.

— Sim, senhor. A sorte teve esta barbaridade para mim — "a sorte implacável" como se dizia nas tragédias.

— Como são as coisas! advertiu o padre. O senhor atira pedras à sorte. Agora aqueles dois a quem acabo de unir, estes atiram-lhe flores.

— As coisas são assim mesmo, sr. reverendo. É preciso entrar nelas para saber o que elas têm por dentro.

— E o sr. Felisberto também é casado?

— Todos aqui são casados; até mesmo este *capão de quenga* que aqui está.

Era Baltazar.

O arrabalde voltara à sua habitual placidez. A festa fora como um sonho deleitoso, que viera abrir, por instantes, um parêntesis na monótona indolência do retiro, fora como uma nota ruidosa e alegre que quebrara aquela harmonia morna e meridional, depressa restabelecida.

Nos fins da estrada, há pouco revolvida por importunos visitantes, está agora a ermida serena e muda como a flor do ermo. Nem o mais leve rumor interrompe a paz do santuário. Passou o mundo indiscreto, indagador, mexeriqueiro, maligno, e ficou a inofensiva, a hospitaleira e maternal natureza. Só o luar belíssimo, só as auras, só as sombras, só o arvoredo fazem companhia à Conceiçãozinha na benigna solidão.

O movimento de há pouco já ia longe, ia no caminho do engenho de Luiz Corrêa. Não sei se o leitor ainda se lembra que este Luiz Corrêa é o subdelegado de que tenho tratado atrás, o pai de Pedro.

Este e a jovem consorte, na sua amorosa humildade, na sua obediência filial queriam receber a bênção paterna, esta bênção que importaria para eles o perdão. Eis por que, deixando D. Emília em casa de D. Maria, corriam sem perda de tempo, como quem ia tirar o pai da forca. Parece que eles é que eram verdadeiramente os enforcados.

Eu não quero penetrar no cérebro dos dois jovens esposos para devassar a nuvem de tristeza que aí, entre vistosos castelos de ilusões, fazia um funesto matiz. O leitor que imagine o contraste, colocando-se nas condições daqueles inocentes, que, mal ajudados, tinham podido vencer sem pau nem pedra a resistência do pai caprichoso, temido em todos aqueles arredores, e agora, caindo em si, corriam pressurosos a confessar-se contritos e arrependidos.

Mas, coitadinhos! foram malsucedidos. Luiz Corrêa recusou-se a recebê-los. Nem sequer apareceu aos padrinhos, pessoas acima de toda exceção, e um deles amigo seu. Houve quebra de amizade. O homem, que pouco antes soubera do que tinha ocorrido, estava furioso.

Eu não gosto de pôr os podres de ninguém na rua, e por isso, boca calada. Mas sempre direi que dia virá em que Luiz Corrêa, pensando melhor nas coisas desta vida, ficará envergonhado do seu procedimento, porque ele não era para fazer isto. Creio piamente que ele ainda se há de arrepender mais do que fez do que estavam arrependidos os dois meninos que não tinham culpa de querer ser felizes. Creio piamente no arrependimento de Corrêa, porque, de parte certas fraquezas, umas das quais são e hão de ser o eterno patrimônio de todo homem, e outras presente de preconceitos que atacam alguns, Corrêa tem muitas qualidades boas.

Provendo que as coisas haviam de dar nisto, porque eles bem sabiam com quem estavam metidos, os meninos tinham de antemão conseguido de uma obsequiosa senhora que morava nas imediações do engenho, uma acomodação em casa dela, enquanto não se desfazia o temporal. Foram aí recebidos com os braços abertos, sem estrondo, porque a casa é pobre, mas com a melhor vontade, digna da maior gratidão.

Isto acrescentou uma face romanesca à aventura dos jovens esposos; deu mais vida e poesia ao cristalino drama dos seus amores.

Estão ali instalados (e como agora se diz) como um casal inglês... inglês, não, espanhol ou napolitano, passando a sua lua de mel com uns ressaibos de fel remoto, não obstante estar bem perto.

Quando Luiz Corrêa passa de carruagem pela frente da casa, com a cara fechada, carrancudo, Pedro, se está na janela, corre a ocultar-se; Lucila, porém, esta em vez de imitar o marido nisto, quando em tantas outras coisas o copia, chega bem para diante, a fim de ser vista, e lança ao senhor de engenho uns olhares longos, súplices, quase chorosos, até que ele desapareça através do cercado.

Depois volta-se para o marido, que já está junto dela, e diz-lhe com um tom de mágoa, que é um misto de ternura e exprobração:

— Nem olhou para mim!

....

Amanhã, 5 de dezembro de 1868, faz oito dias que os nossos jovens se casaram.

Luiz Corrêa persevera ressentido. É cabeçudo. Não cede por duas razões; são precisas pelo menos três.

Mas por que motivo tanto ressentimento? Lucila é a virtude em carne e osso. Poucas moças tenho conhecido tão dignas de ser estimadas e admiradas.

Ressentido de que, o sr. Corrêa? Muito mais digno fora que ele chamasse o filho e a nora para sua companhia, e fosse pai de ambos como é pai de um deles.

As vaidades deste mundo acabam todas, por maior que tenha sido o lustre na vida, acabam todas no chão da cova; só o que fica do homem é a memória das suas ações; e uma vez que estas podem ser claras ou negras, cumpre que só as tenha bem claras o que quer poupar aos seus no futuro qualquer fumo de pesar que possa sombrear o seu nome, e envergonhar a família.

Pensa também assim o Túlio, que é ledor da Bíblia e dos filósofos da Idade Média.

E não somos nós somente que pensamos assim; pensam muitos. Por exemplo: o Justiniano e a sua galante mulher; o Felisberto e a dele, que, se não tem o merecimento de ser galante como a de Justiniano, é muito ajuizada, e só anda pelo bom caminho; D. Emília e D. Maria, posto que suspeitas nesta causa, que ainda vem a ser delas. Só o Baltazar, este não; este tem outro parecer; aprendeu por outra cartilha. Ouvi mesmo dizer algures que ele não cessa de dar razão a Luiz Corrêa, naturalmente para o incensar. Que lhe faça bom proveito.

Mas eu ia esquecendo uma circunstância importante que não deve ficar fora desta memória.

Meia hora depois do casamento, quando a estrada já tinha recaído na sua modorra, o nosso Túlio abriu a porta do oitão do sítio dele que dá para o setentrião.

A natureza sorria adormecida.

Uma brisa impregnada de aromas de manjerona, alecrim, flor de cajueiro, afagou as narinas do filósofo.

Mas desta vez o Túlio não era filósofo, era poeta: estava atento, ouvindo, menos com os ouvidos que com o coração, as últimas notas de uma serenata que cantava ao piano a mãe de Lucila.

O coração estava atento na música, mas o pensamento de Túlio, este não podia estar mais cheio da imagem de D. Emília.

Última hora.

O diabo não é tão feio como o pintam. Hoje é 4 de dezembro. Lucila escreveu a D. Emília, participando-lhe importantes novidades.

Baixou o barômetro do mau humor de Luiz Corrêa.

— Ainda bem! — diria com seu sorriso no canto da boca o Justiniano, sempre fleugmático como um inglês, cujos hábitos ele procura arremedar, tanto assim que já depois de quarenta anos chamou mestre para lhe ensinar a falar a língua de Shakespeare.

Supõe Lucila que em pouco tempo estará feita a reconciliação entre o pai e o filho, que é presentemente o que os recém-casados mais anelam para que a sua lua de mel se prolongue, ou por outra, para que a sua lua de mel seja verdadeiramente o que o nome diz; porque até agora tem tido seu travozinho o copo do deleite.

Eu bem dizia há pouco. O Corrêa não é mau sujeito. Depois de meditar, mudou de rumo para não naufragar.

A menina tem na carta filiais expansões.

A carta é longa. Poder-se-ia comparar a um testamento se não estivesse tão longe de se parecer com este documento de últimas disposições um escrito que é, ao contrário, o documento das primeiras disposições de Lucila, que é quase o programa do seu novo estado, que é, por assim dizer, o pórtico do esplêndido paço da sua nova existência.

Eu não devo revelar, posto que não me faltem bons desejos, as aéreas simplicidades, as sonoras singelezas, os esboços azuis que, conquanto passando pela vida íntima da família, formam o gracioso contexto da missiva de Lucila.

Tive a carta nas minhas mãos. Li-a com interesse e admirei-a como modelo epistolar; mas ser-me-á lícito trasladá-la aqui *verbo ad verbum**? Fique o leitor com água na boca, que eu também fico.

Todavia, darei por alto uma ideia muito descolorida desta página em que derramou parte da sua índole a poética menina.

Diz ela que, logo que o seu maridinho se possa arranjar, hão de vir morar junto de D. Emília, a qual por ora continua a residir em casa da sua cunhada D. Maria.

* Em latim no original: "Palavra por palavra" (N.E.).

Diz que ele e ela são tratados à vela de libra na casa onde estão; que D. Emília mande as costuras e os vestidos que ficaram cá; mais isto, mais aquilo.

Lucila lembrou-se de tudo, menos do sagui que não devia levar na ocasião de retirar-se, mas de que não se devia esquecer, porque o tal animalzinho lhe foi dado por Pedro quando ainda não passavam de ingênuos namorados.

Acho esta omissão inexplicável; mas vejo nela uma conveniência. O que se havia de responder a Lucila, se o sagui faleceu dias depois, de saudades segundo dizem em casa de D. Maria, mas de esquecimento e fome, segundo penso e creio eu?

A carta conclui com estas palavras:

— “Eu e Pedro, mamã, não temos mais para onde estarmos satisfeitos.”

Pudera não! Casados de novo.

Paire sobre eles o espírito de Deus, como pairava outrora sobre as águas.

Estilo antigo, mas de casa.

Sou forçado a fazer este *postscriptum* — última página. Estância negra de um resplandecente poema.

Estamos em 5 de agosto de 1869. De 4 de dezembro do ano passado até hoje deram-se notáveis ocorrências que têm relação íntima com a presente história.

No dia 24 de maio faleceu de uma hepatite aguda D. Emília, em casa de D. Maria.

Foi um acontecimento que enlutou a estrada que ela amava tanto e onde deixou memória muito benquista.

Imagine o leitor o reverso da festa por ocasião do casamento — em lugar de universal expansão, universal recolhimento; mágoa onde outrora alegria; famílias concorrendo pesarosas à capelinha, aonde alguns meses antes tinham feito uma romaria de prazer; Rita — eu não posso esquecer-me de Rita, importante personagem da minha narrativa — Rita comovida, levando para a igreja, em vez de festivos cravos, fúnebres perpétuas, em vez de colchas escarlates e azuis, crepes negros, Rita com tardos passos, quando os tivera tão velozes e quase aéreos; imagine tudo isto o leitor, e terá um pálido aspecto da estrada, da Conceiçãozinha, das famílias, de Rita no dia do lastimável falecimento.

Volvamos a folha.

Lucila e Pedro moram já em casa do Corrêa, que se abrandou como cera, especialmente depois de saber da morte da mãe de sua nora.

Túlio tem sido vítima de grandes injustiças e ingratidões.

Há uns tipos assim, que sempre encontram fel no fundo do copo onde eles mesmos puseram licor excelente.

Não se metem ainda muitos dias que ele me disse, em tom de queixa:

— Quanto mais faço, menos mereço. Perfídias e aleivosias — eis com que me retribuem serviços que, se fossem pesados na balança da justiça, deveriam ter outro valor... Mas este é o lado característico da sociedade — pródiga no pedir, vilã no pagar.

Encontrei-o dias depois em casa de um cunhado de D. Emília.

Entrando, reconheci o piano que fora dela.

Túlio estava tocando umas músicas ligeiras que a mãe de Lucila lhe ensinara.

Interrompeu-se logo que me viu entrar.

E porque a conversa tomou por assunto aquela a quem o piano pertencera, o bacharel, dentro em pouco exaltando-se, depois de profunda comoção, proferiu estas palavras:

— Não foi somente ela que morreu, morreu também o seu instrumento predileto, fonte das suas delícias, arma dos seus triunfos, encanto com que fascinava os seus admiradores que eram todos os que a ouviam tocar estas teclas. Que valor tem hoje ele? Um valor diminuto. Outrora, junto àquela que o educara e de cujo talento musical era ele como uma continuação viva e gloriosa, este piano tinha um preço incalculável. Hoje não é mais que uma esplêndida clausura de brilhantes acordes adormecidos. Que vales tu por ti só, harpa sem David, lira sem Orfeu? Se és mais que um aparelho inerte, se tens uma alma, repete, sim, repete as vozes, os sons, as serenatas deliciosas, as óperas admiráveis que outrora, obedecendo às mãos inspiradas da tua senhora, entoavas como um cantor insigne. És uma máquina trivial, secundária nas minhas mãos. Falta-te a centelha elétrica do gênio que vivificava aquela formosura a quem tanto deves, aquele esplendor que desapareceu rapidamente, como um relâmpago que se extingue. Estólido avarento, deixas-te consumir com os teus tesouros encerrados em teu seio, por não saberes ou não poderes pô-los em giro. E tão desgraçado és que nem, ao menos, te é dado chorar, como eu choro, a ausência da criatura excelsa que deixou sinais dos seus dedos de artista em tuas teclas frias, estas teclas que não souberam estalar quando ela caiu como ave canora, fulminada pelo raio.

Mas o piano, indiferente a esta mágoa e a esta saudade, sem entender a linguagem daquela exaltação abrupta, continuou mudo e imóvel como um túmulo.

Túmulo era ele, túmulo de harmonias mortas, túmulo de um amor, talvez!

Entre a memória e a fantasia

"História do tempo em estilo de casa" foi a expressão usada por Franklin Távora como subtítulo desta novela, tão encantadora quanto despretensiosa, que ele escreveu na juventude, em 1869, por encomenda de um jornal de Recife. Seu objetivo era falar do lugar em que vivia e das pessoas que conhecia de perto. Não apenas pelo assunto, mas também pela linguagem, "Um casamento no arrabalde" traz o selo do documento, a intenção de retratar a vida e os costumes nordestinos. Na gente da roça, o autor identificava uma espécie de alma brasileira, cuja pureza, segundo ele, já tinha se dispersado entre os homens da corte. Estavam plantadas aí as bases do programa literário que mais tarde ele batizaria de *literatura do Norte*.

A localização é precisa: *estilo de casa, literatura do Norte*. Para Franklin Távora, a imaginação do escritor era menos importante que a observação direta dos tipos e das cenas. O romancista deveria ser historiador. Em nome desse ideal, Távora acabou repudiando a singela narrativa ambientada nos arredores de Recife. Considerou-a muito estreita e amena, um "romancete" sem compromisso — "brinco da minha pena quando ela queria ainda borboletear". Entretanto, a crítica seria unânime em apontar o pequeno livro como a maior de suas realizações, uma autêntica obra-prima. Em "Um casamento no arrabalde", o autor atinge um raro momento de inspiração e equilíbrio, uma simplicidade que ele seria incapaz de recuperar em seus romances ou estudos históricos.

Assim como Machado de Assis e Visconde de Taunay, Franklin Távora foi um dos protagonistas da etapa final de transição do Romantismo para o Realismo e o Naturalismo. Enquanto a literatura regionalista de Bernardo Guimarães se limitava à descrição dos costumes rústicos, o primeiro "romancista do Nordeste" desejou ir mais adiante, propondo a interpretação social de sua região. Foi o que buscou nos romances *O cabeleira*, *O matuto*, *O sacrifício* e *Lourenço*, que abordam temas e personagens da história pernambucana.

"As letras têm, como a política, um certo caráter geográfico; mais no Norte, porém, do que no Sul abundam os elementos para a formação de uma literatura propriamente brasileira, filha da terra" — escreve o autor no prefácio de *O cabeleira*. Em suas mãos, o nacionalismo romântico se transformou em patriotismo regional e embravecido. Mas a *literatura do Norte* não conseguiu ir além dos manifestos. Távora se perdeu no caminho, não chegando a realizar-se nem como romancista nem como historiador.

Por sua fluência e naturalidade, salvou-se apenas o livrinho de 1869, com as evocações do arrabalde recifense — a história do tempo em estilo de casa. O narrador não exagera ao dizer que relata uma "história acontecida, e não inventada". Conforme observou a crítica Lúcia Miguel Pereira, o que mais encanta em "Um casamento no arrabalde" é o surpreendente deslocamento da atenção, que se transfere dos noivos "tolinhos" para as criaturas que se encarregam de realizar o casamento às escondidas. Gente simples como a negra Rita, que o dia inteiro bate pernas pelo povoado. Ou figuras corajosas e avançadas como D. Emília, a mãe da noiva, ateia e defensora de utopias sociais. Para demonstrar a superioridade do documento sobre a fantasia, o autor tenta esvaziar a intriga romântica dos noivos contrariados. Há uma sucessão de passagens cômicas, algumas até grosseiras, que antecipam em larga medida o estilo naturalista.

Entretanto, o Romantismo persiste. Por mais que Távora enfatize a veracidade de sua história ou "memória", a idealização rouba o primeiro plano nas inúmeras descrições do arrabalde pitoresco, com suas "risonhas manhãs" e seus "crepúsculos saudosos". O narrador se delicia na contemplação desse retiro coberto de flores, resedás e alecrins. O arrabalde pacífico é comparado a um tapete aveludado — tão brando e macio como o véu que a noiva tece com suas próprias mãos e que é o principal símbolo de sua pureza. Eis aí, mais uma vez, o sublime véu dos românticos. Apesar de desejar a objetividade do Realismo, Távora se enche de suspiros diante da poesia nupcial, dos primores da natureza, da ternura espalhada pelo "manto diáfano da fantasia".

E nada mais romântico que o enleio amoroso dos personagens Túlio e D. Emília, apresentado com sutileza verdadeiramente poética pelo narrador. Paixão discreta e cheia de barreiras ("malditas luvas", desabafa o bacharel), que ao final, tal como a música de D. Emília, se cala para sempre nas teclas frias do piano. O Romantismo é esse túmulo de acordes adormecidos, de amores e sonhos que jamais se realizam.

Joaquim Maria Machado de Assis nasceu no Rio de Janeiro, em 1839. Bisneto de escravos, aos dez anos perdeu a mãe e, aos doze, o pai. Trabalhou inicialmente como aprendiz de tipógrafo e revisor. Depois exerceu as atividades de jornalista, autor de peças, tradutor e crítico teatral. A partir de 1867, começou a ascender na carreira burocrática e também firmou seu nome na literatura. Escreveu contos, romances, poemas, crônicas e ensaios. No final do século XIX, já era considerado o maior escritor do país. Morreu em 1908, depois de fundar a Academia Brasileira de Letras, da qual foi presidente.

Principais obras: *A mão e a luva* (1874); *Iaiá Garcia* (1878); *Memórias póstumas de Brás Cubas* (1881); *Quincas Borba* (1892); *Dom Casmurro* (1900); *Esaú e Jacó* (1904); *Memorial de Aires* (1908).

Folha rota
Machado de Assis

Tinham dado ave-marias; a Sr.ª D. Ana Custódia saiu para ir levar umas costuras à loja que era na rua do Hospício. Pegou das costuras, entrouxou-as, pôs um xale às costas, um rosário ao pescoço, deu cinco ou seis ordens à sobrinha e caminhou para a porta.

— Venha quem vier, não abras, disse ela com a mão no ferrolho; já sabes o costume.

— Sim, titia.

— Não me demoro nada...

— Venha cedo.

— Venho, que a chuva pode cair. O céu está preto.

— Oh! titia, se roncar trovoada!

— Reza; mas eu volto já.

D. Ana persignou-se e saiu.

A sobrinha fechou a rótula, acendeu uma vela e foi sentar-se a uma mesa de costura.

Luísa Marques tinha dezoito anos. Não era um prodígio de beleza, mas não era feia; pelo contrário, as feições eram regulares, as maneiras gentis. O olhar meigo e cândido. Mediana de estatura, delgada, naturalmente elegante, tinha proporções para vestir bem e primar pelos adornos. Infelizmente, não tinha adornos nem os vestidos eram bem cortados. Pobres, já se vê que deviam ser.

Que outras coisas seriam os vestidos de uma filha de operário, órfã de pai e mãe, condenada a coser para ajudar a sustentar a casa da tia? Era um vestido de chita grossa, cortado por ela mesma, sem arte nem inspiração.

Penteada com certo desleixo, parece que isso mesmo lhe dobrava a graça da fronte. Encostada à mesa velha de trabalho, com a cabeça inclinada sobre a costura, os dedos a correrem pela fazenda, com a agulha fina e ágil, não excitava a admiração, mas despertava a simpatia.

Logo depois de sentar-se, Luísa ergueu-se duas vezes e foi até à porta. De quando em quando levantava a cabeça como a prestar ouvido. Continuava a coser. Se a tia chegasse, achá-la-ia a trabalhar com uma tranquilidade verdadeiramente digna de imitação. E beijá-la-ia como costumava e lhe diria alguma coisa graciosa, que a menina ouviria com agradecimento.

Luísa adorava a tia, que lhe servia de mãe e pai, que a educara desde os sete anos. Por outro lado, D. Ana Custódia tinha-lhe afeto verdadeiramente maternal; uma e outra não possuíam outra família. Havia certamente dois parentes mais, um correeiro, cunhado de D. Ana, e um filho deste. Mas não se frequentavam; havia até motivos para isso.

Vinte minutos depois de sair D. Ana, sentiu Luísa um rumor na rótula, como que um som leve de bengala que por ali roçasse. Estremeceu, mas não se assustou. Levantou-se devagarinho, como se a tia pudesse ouvi-la e foi à rótula.

— Quem é? disse em voz baixa.

— Eu. Está cá?

— Não.

Luísa abriu um poucachinho a janela, uma curta fresta. Estendeu a mão por ela, e apertou-lha um rapaz que estava do lado de fora.

O rapaz era alto, e se não fosse noite fechada podia ver-se que tinha uns bonitos olhos, sobretudo um porte airoso. Eram graças naturais; artificiais não possuía nenhuma; vestia modestamente, sem pretensão.

— Saiu há muito tempo? perguntou ele.

— Há pouco.

— Volta já?

— Disse que sim. Não podemos hoje falar muito tempo.

— Nem hoje, nem quase nunca.

— Que quer você, Caetaninho? perguntou a moça tristemente. Eu não posso abusar; titia não gosta de me ver à janela.

— Há três dias que te não vejo, Luísa! suspirou ele.

— Eu, há um dia só.

— Viste-me ontem?

— Vi; quando você passou de tarde, às cinco horas.

— Passei duas vezes; de tarde e de noite: sempre fechado.

— Titia estava em casa.

As duas mãos tornaram a encontrar-se e ficaram presas uma à outra. Correram assim alguns minutos, três ou quatro.

Caetaninho tornou a falar, a queixar-se, a gemer, a maldizer da sorte, enquanto Luísa o consolava e confortava. Na opinião do rapaz, não havia ninguém mais infeliz do que ele.

— Queres saber uma coisa? perguntou o namorado.

— Que é?

— Penso que o papai desconfia...

— E então?...

— Desconfia e não aprova.

Luísa empalideceu.

— Oh! mas não faz mal! Eu só espero poder arranjar a minha vida; depois se queira ou não queira...

— Isso, não, se titio não aprova parece feio.

— Desprezar-te?

— Você não me despreza, emendou Luísa; mas desobedecerá a seu pai.

— Obedecer em tal caso, era feio da minha parte. Não, não obedecerei nunca!

— Não digas isso!

— Deixa-me arranjar a vida, verás: verás.

Luísa estava silenciosa alguns minutos, mordendo a ponta do lenço que tinha ao pescoço.

— Mas por que motivo é que você pensa que ele desconfia?

— Penso... suponho. Ontem soltou-me uma indireta, lançou-me um olhar de ameaça e fez um gesto... Não tem dúvida, dá-lhe para não aprovar a escolha de meu coração, como se eu precisasse consultá-lo...

— Não fale assim, Caetaninho!

— Também não sei por que motivo ele não se dá com titia! Se se dessem, tudo caminhava bem; mas é a minha desgraça, é a minha desgraça!

Caetano, filho do correeiro, lastimou-se ainda durante uns dez minutos; e sendo já longo o tempo da conversa, Luísa pediu-lhe e alcançou que ele se retirasse. Não o fez o moço sem um novo aperto de mão e um pedido que Luísa recusou.

O pedido era um... ósculo, digamos ósculo, que é menos cru, ou mais poético. O rapaz pedia-o invariavelmente, e ela invariavelmente o negava.

— Luísa, disse ele, no fim da recusa, espero que muito breve estaremos casados.

— Sim; mas não faça zangar seu pai.

— Não: farei tudo de harmonia com ele. Se recusar...

— Peço a Nossa Senhora que não.

— Mas, diga você; se ele recusar, que devo eu fazer?

— Esperar.

— Pois sim! Isso é bom de dizer.

— Vá; adeus; titia pode vir.

— Até breve, Luísa!

— Adeus!

— Passarei amanhã; se você não puder estar à janela, ao menos espie por dentro, sim?

— Sim.

Novo aperto de mão; dois suspiros; ele seguiu; ela fechou de todo o postigo.

Fechado o postigo, Luísa foi sentar-se outra vez à mesa de costura. Não ia alegre, como era de supor em uma moça que acabava de falar ao namorado; ia triste. Mergulhou toda no trabalho, ao que parece para esquecer alguma coisa ou aturdir o espírito. Mas não durou muito o remédio. Daí a pouco tinha levantado a cabeça e olhava fitamente o ar. Devaneava naturalmente; mas não eram devaneios azuis, senão negros, bem negros, mais negros que seus grandes olhos tristes.

O que ela dizia consigo era que tinha duas afeições na vida, uma franca, a da tia, outra encoberta, a do primo; e não sabia se tão cedo poderia mostrá-las juntas ao mundo. A notícia de que o tio desconfiasse alguma coisa e desaprovava talvez o amor de Caetano desconsolava-a e fazia-a tremer. Talvez fosse verdade; era possível que o correeiro destinasse o filho a outra. Em todo o caso as duas famílias não se davam, — não sabia Luísa por que motivo, — e este fato podia contribuir para tornar difícil a realização de seu único e modesto sonho. Essas ideias, ora vagas, ora medonhas, mas sempre tingidas da cor da melancolia, abalavam seu espírito durante alguns minutos.

Depois veio a reação; a mocidade readquiriu seus direitos, a esperança trouxe a sua cor viva aos sonhos de Luísa. Ela olhou para o futuro e confiou nele. Que era um obstáculo momentâneo? Nada, se dois corações se amam. E haveria esse obstáculo? Dado que houvesse, ele seria o ramo de oliveira. No dia em que o tio soubesse que o filho a amava deveras e era correspondido, não tinha mais do que aprovar. Talvez mesmo a fosse pedir à tia D. Ana, que a estremecia, e recebê-lo-ia com lágrimas. O casamento seria o vínculo de todos os corações.

Nesses sonhos passaram ainda uns dez minutos. Luísa reparou que a costura estava atrasada e voltou de novo a atenção para ela.

D. Ana voltou; Luísa foi abrir-lhe a porta, sem hesitação porque a tia convencionara um modo de bater, a fim de evitar surpresas de gente má.

Vinha um pouco amuada a velha; mas passou logo depois do beijo à sobrinha. Trazia o dinheiro da costura que fora levar à loja. Tirou o xale, descansou um pouco; foi ela própria cuidar da ceia. Luísa ficou cosendo algum tempo. Ergueu-se depois; preparou a mesa.

Tomaram um pouco de mate as duas, sozinhas e silenciosas. Era raro o silêncio, porque D. Ana, sem ser palradora, estava longe de ser taciturna. Tinha a palavra alegre. Luísa reparou naquela mudança e receou que a tia houvesse visto o vulto do primo de longe, e, não sabendo quem fosse, naturalmente ficara molestada. Seria isso? Luísa fez esta pergunta a si mesma e sentiu corar de vergonha. Criou algumas forças, e interrogou diretamente a tia.

— Que tem, que está tão triste? perguntou a moça.

D. Ana limitou-se a levantar os ombros.

— Está zangada comigo? murmurou Luísa.

— Contigo, meu anjo? disse D. Ana apertando-lhe a mão; não, não é contigo.

— É com outra pessoa, concluiu a sobrinha. Posso saber quem é?

— Ninguém, ninguém. Fujo sempre de passar pela porta do Cosme e passo por outra rua; mas por desgraça, escapei ao pai e não escapei ao filho...

Luísa empalideceu.

— Ele não me viu, continuou D. Ana; mas eu bem o conheci. Felizmente era noite.

Seguiu-se um longo silêncio, durante o qual a moça repetia as palavras da tia. Por desgraça! dissera D. Ana. Que havia pois entre ela e os dois parentes? Tinha vontade de a interrogar, mas não se atrevia; a velha não continuou; uma e outra refletiam caladamente.

Foi Luísa quem rompeu o silêncio:

— Mas por que foi desgraça encontrar o primo?

— Por quê?

Luísa confirmou a pergunta com um gesto de cabeça.

— Contos largos, disse D. Ana, contos largos. Um dia te contarei tudo.

Luísa não insistiu; ficou acabrunhada. O resto da noite foi sombrio para ela; fingiu ter sono e recolheu-se mais cedo do que costumava. Não tinha sono; velou ainda duas longas horas a trabalhar com o espírito, a beber uma ou outra lágrima indiscreta ou impaciente de lhe retalhar a face juvenil. Dormiu finalmente; e como de costume acordou cedo. Tinha um plano feito e a resolução de o executar até o fim. O plano era interrogar a tia outra vez, mas então disposta a saber a verdade, qualquer que ela fosse. Foi depois do almoço, que se lhe ofereceu a melhor ocasião, quando as duas se sentaram a trabalhar. D. Ana recusou a princípio; mas a insistência de Luísa foi tal, e ela amava-a tanto, que não lhe recusou dizer o que havia.

— Tu não conheces teu tio, disse a boa velha; nunca viveste com ele. Eu conheço-o muito. Minha irmã, que ele tirou de casa para perdê-la, viveu com ele dez anos de martírio. Se eu te contasse o que ela sofreu não havias de acreditar. Basta dizer que, se não fosse o abandono em que o marido a deixou, o pouco-caso que fez da moléstia, talvez ela não tivesse morrido. E daí pode ser que sim. Creio que ela estimou não tomar remédios, para acabar mais depressa. O maldito não deitou uma lágrima; jantou no dia da morte como costumava jantar nos mais dias. O enterro saiu e ele continuou a vida de antes. Coitada! Quando me lembro...

Neste ponto, D. Ana interrompeu-se para enxugar as lágrimas, e Luísa não pôde também reter as suas.

— Ninguém sabe para o que veio ao mundo! exclamou sentenciosamente D. Ana. Aquela era a mais querida de meu pai; foi a mais infeliz. Destinos! destinos! O que te contei é já bastante para explicar a inimizade que nos separa. Acrescenta-lhe o gênio mau que ele tem, os modos grosseiros, e a língua... oh! a língua! Foi a língua dele que me feriu...

— Como?

— Luísa, tu és inocente, nada sabes deste mundo; mas é

bom que aprendas alguma coisa. Aquele homem, depois de fazer morrer minha irmã lembrou-se de gostar de mim, e teve o atrevimento de vir declará-lo na minha casa. Eu então era outra mulher que não sou hoje; tinha cabelinho na venta. Não lhe respondi palavra; levantei a mão e castiguei-o no rosto. Vinguei-me e perdi-me.

Ele recebeu o castigo calado; mas tratou de vingar-se também. Não te contarei o que disse e trabalhou contra mim; é longo e triste; basta saber que cinco meses depois, meu marido me pôs pela porta fora. Estava difamada; perdida; sem futuro nem reputação. Foi ele a causa de tudo. Meu marido era homem de boa-fé. Queria-me muito e morreu pouco depois de paixão.

Calou-se D. Ana, calou-se sem lágrimas nem gestos, mas com um rosto tão pálido de dor, que Luísa atirou-se a ela e abraçou-a. Foi esse gesto da moça que fez romper as lágrimas da velha. Chorou-as D. Ana longas e amargas; ajudou a chorá-las a sobrinha, que de envolta com ela lhe disse muita palavra consoladora. D. Ana recobrou a fala.

— Não terei razão em odiá-lo? perguntou ela.

O silêncio de Luísa foi a melhor resposta.

— Quanto ao filho nada me fez, continuou a velha; mas, se é filho de minha irmã também é filho dele. É o mesmo sangue, que eu odeio.

Luísa estremeceu.

— Titia! disse a moça.

— Odeio, sim! Ah! que a maior dor da minha vida seria... Não, não há de ser assim. Luísa, eu, se te visse casada com o filho daquele homem, morria decerto, porque perderia a única afeição, que me resta no mundo. Tu não pensas nisso; mas juras-me que em nenhum caso farás semelhante coisa?

Luísa empalideceu; hesitou um instante; mas jurou. Esse juramento foi o golpe último e mortal de suas esperanças. Nem o pai dele nem a mãe dela (D. Ana era quase mãe) consentiriam em fazê-la feliz. Luísa não se atreveu a defender o primo, a explicar que ele não tinha culpa nos atos e vilanias do pai.

Que adiantaria isso, depois do que ouvira? O ódio estendia-se do pai ao filho; havia um abismo entre as duas famílias.

Naquele dia e no outro e no terceiro, chorou Luísa, nas poucas horas em que podia estar só, as lágrimas todas do desespero. No quarto dia já não tinha mais que chorar. Consolou-se como se consolam os desgraçados. Viu ir-se o único sonho da vida, a melhor esperança do futuro. Só então compreendeu a intensidade do amor que a prendia ao primo. Era o seu primeiro amor; estava destinado a ser o último.

Caetano passou ali muitas vezes; deixou de vê-la duas semanas inteiras. Supô-la doente e indagou da vizinhança. Quis escrever-lhe, mas não havia meio de entregar uma carta. Espreitava as horas em que a tia saía de casa e ia bater à porta. Trabalho inútil! A porta não se abria. Uma vez viu-a de longe à janela, apertou o passo; Luísa olhava para o lado oposto; não o viu vir. Chegando ao pé da porta, parou ele e disse:

— Enfim!

Luísa estremeceu, voltou-se e dando com o primo fechou o postigo com tanta pressa que um pedaço da manga do vestido ficou preso. Cego de dor, Caetaninho tentou empurrar o postigo, mas a moça havia-o fechado com o ferrolho. A manga do vestido foi puxada violentamente e rasgada. Caetano afastou-se com o inferno no coração; Luísa foi dali atirar-se ao leito lavada em lágrimas.

As semanas, os meses, os anos passaram. Caetaninho não foi esquecido; mas nunca mais se encontraram os olhos dos dois namorados. Oito anos depois morreu D. Ana. A sobrinha aceitou a proteção de uma vizinha e foi para casa dela, onde trabalhava dia e noite. No fim de quatorze meses adoeceu de tubérculos pulmonares; arrastou uma vida aparente de dois anos. Tinha quase trinta quando morreu; enterrou-se por esmolas.

Caetaninho viveu; aos trinta e cinco era casado, pai de um filho, negociante de fazendas, jogava o voltarete e engordava. Morreu juiz de uma irmandade e comendador.

E o véu se despedaça

O amor secreto e contrariado, tema tão caro aos românticos, também comparece com força — e todo o seu caudal de lágrimas — nas primeiras narrativas de Machado de Assis. O conto "Folha rota" surgiu em 1878 nas páginas do *Jornal das Famílias* e não chegou a ser republicado em livro. É uma história curta e aparentemente desambiciosa — escrita, como as demais dessa primeira fase do autor, "sem outra pretensão que não seja a de ocupar alguma sobra do precioso tempo do leitor". A personagem principal foi talhada conforme o molde das heroínas de Macedo e Alencar. Entretanto, ainda que sofra com seu destino infeliz, mesmo o leitor apressado não deixará de notar que aqui o figurino surge um tanto desfigurado, a exemplo do que ocorre nos romances *A mão e a luva* e *Iaiá Garcia*. Com efeito, é o próprio Romantismo que se rompe (e se corrompe), em razão das ironias que lhe dirige o autor.

Na literatura brasileira do século XIX, Machado representa o ápice de uma linha evolutiva. Segundo o crítico Antonio Candido, o salto produzido por sua obra foi possível graças à assimilação criteriosa das conquistas de seus predecessores. Mulato de origem humilde, nascido numa sociedade escravista e patriarcal, Machado iniciou sua carreira reverenciando com cautela as etiquetas sociais e literárias. Mas esse respeito pelas convenções não impediu que ele desde logo se rebelasse contra o nacionalismo romântico — o que estava longe de significar uma recusa de ser brasileiro. "Instinto de nacionalidade", seu famoso ensaio de 1873, defende a ideia de um brasileirismo interior, não apenas superficial: "O que se deve exigir do escritor, antes de tudo, é certo sentimento íntimo, que o torne homem do seu tempo e do seu país, ainda quando trate de assuntos remotos no tempo e no espaço".

Se para Franklin Távora o romance brasileiro carecia de maior observação da realidade, aos olhos de Machado o que faltava era aprofundar a sondagem interior — a análise dos caracteres. Ao fazê-lo, em detrimento da descrição de quadros naturais ou da "cor local", ele acabou descobrindo um extenso rol de ambiguidades, uma total ausência de unidade, que nada tinha a ver com a falsa coerência dos personagens românticos, rigidamente divididos entre os polos do bem e do mal. Machado foi sensível desde o princípio à contradição entre ser e parecer, entre os impulsos do coração e o poder inquestionável da máscara social. Como escreve em *Iaiá Garcia*, "há duas naturezas, e a natureza social é tão legítima e imperiosa como a outra. Não se contrariam, completam-se".

Embora cheios de clichês românticos, os livros da primeira fase de Machado compõem uma espécie de "ciclo da ambição". O rótulo foi atribuído pela crítica Lúcia Miguel Pereira, que via neles um forte caráter autobiográfico, como se o autor projetasse em suas heroínas — moças de origem humilde agregadas a famílias ricas — o drama de sua própria ascensão social. Em *A mão e a luva*, Guiomar luta para conciliar o sentimento e a frieza do cálculo, duas coisas que na ética do Romantismo se opunham drasticamente. Para Machado, porém, sem o aprendizado da dissimulação não há modos de triunfar. E isso explica a infelicidade de personagens como Luísa, de "Folha rota", que, por ingenuidade, orgulho ou escrúpulo, não conseguem desafiar o moralismo da ideologia romântica.

Aprisionada no recinto doméstico, a pobre criatura de dezoito anos, órfã de pai e mãe, não chega a conhecer as artimanhas do espaço público, no qual circula e prospera seu namorado Caetaninho. Entre os dois — ou entre a moça e sua felicidade pessoal — existe a intransponível barreira figurada pelo postigo que deixa passar apenas os olhos ou, quando muito, a mão. A verdadeira prisão de Luísa é a gratidão que sente por sua tia. Dos limites dessa relação de favor, que afinal se converte em mando e irrefletida obediência, é que advém sua incapacidade para desconfiar da história romanesca que lhe conta D. Ana Custódia. Daí também o excesso de lágrimas, com que ela compensa a falta de realismo ou de coragem para realizar seus direitos individuais.

Ao fechar para sempre o postigo, renunciando à sua felicidade, a pobre moça tem o vestido violentamente rasgado. A folha branca de sua juventude se transforma em folha negra e rota. Com o final trágico de Luísa, Machado indica sua ruptura com o purismo que reinava até então nas principais criações da literatura brasileira. No cinismo da ordem paternalista, que estava em pleno vigor no país, ele sabia que sobrava pouco espaço para devaneios e conflitos heroicos. Essa consciência é que lhe deu forças para romper o véu que tanto havia perturbado a visão dos românticos.

Referências Bibliográficas

Fontes dos textos

A bolsa de seda

MACEDO, Joaquim Manuel de. "A bolsa de seda". 4.ª ed. In: *Os romances da Semana*. Rio de Janeiro: Garnier, 1902, pp. 7-40.

Gennaro

AZEVEDO, Álvares de. "Noite na taverna". In: *Obras completas de Álvares de Azevedo* (Organização e notas de Homero Pires). 8.ª ed. São Paulo: Companhia Editora Nacional, 1942, tomo 2, pp. 120-129.

________________. "Noite na taverna". In: *Obras*. 3.ª ed. Rio de Janeiro: Garnier, 1862, pp. 319-330.

A dança dos ossos

GUIMARÃES, Bernardo. "A dança dos ossos". In: *Lendas e romances*. 1.ª ed. Rio de Janeiro: Garnier, 1871, pp. 195-229.

Um casamento no arrabalde

TÁVORA, Franklin. *Um casamento no arrabalde*. 3.ª ed. Rio de Janeiro: Garnier, 1903, pp. 1-70.

Folha rota

ASSIS, Machado de. "Folha rota". In: *Contos: uma antologia* (Seleção, introdução e notas de John Gledson). São Paulo: Companhia das Letras, 1998, vol. I, pp. 263-272.

________________. "Folha rota". In: *Obras completas* (Organização de Afrânio Coutinho). Rio de Janeiro: Nova Aguilar, 1997, vol. II, pp. 865-871.

Bibliografia básica

ANDRADE, Mário de. *Aspectos da literatura brasileira*. São Paulo: Martins, 1974.

BOSI, Alfredo. *História concisa da literatura brasileira*. São Paulo: Cultrix, 1994.

CANDIDO, Antonio. *Formação da literatura brasileira*. Belo Horizonte: Itatiaia, 1993, vol. 2.

GUINSBURG, J. (org.). *O Romantismo*. São Paulo: Perspectiva, 1993.

HAUSER, Arnold. *História social da arte e da literatura* (Trad. Álvaro Cabral). São Paulo: Martins Fontes, 1998.

LEITE, Dante Moreira. *O amor romântico e outros temas*. São Paulo: Companhia Editora Nacional/Edusp, 1979.

PEREIRA, Lúcia Miguel. *Prosa de ficção*. Belo Horizonte/São Paulo: Itatiaia/Edusp, 1988.

SCHWARZ, Roberto. *Ao vencedor as batatas*. São Paulo: Duas Cidades/ Editora 34, 2000.

Arquivo pessoal

Ivan Marques é doutor em Literatura Brasileira e professor da Universidade de São Paulo. Foi diretor do programa *Entrelinhas* e editor-chefe do programa *Metrópolis*, ambos da TV Cultura de São Paulo. Na mesma emissora, realizou documentários sobre literatura, como "Versos diversos: a poesia de hoje", "Orides: a um passo do pássaro" e "Assaré: o sertão da poesia". Tem artigos publicados em livros, jornais e revistas.

Isaumir Nascimento

Yili Rojas nasceu na Colômbia, em 1973, e atualmente vive e trabalha em São Paulo. Faz ilustrações para livros, jornais (*Folha de S.Paulo*), revistas (*Vida Simples*, *Caros Amigos*, *Ocas*) e sites de internet (*Le Monde Diplomatic – Brasil*). Dentre os vários procedimentos artísticos, prefere desenhar e fazer gravuras (em madeira, metal ou outros materiais). As imagens deste livro foram realizadas em linogravura.